로크미디어가
유혹하는
재미있는 세상

ROK
MEDIA
로크미디어

환생한 대마법사의 정주행 9

2021년 7월 1일 초판 1쇄 인쇄
2021년 7월 6일 초판 1쇄 발행

지은이 서상현
발행인 김정수 강준규

기획 이기헌 왕소현 박경무 강민구
책임편집 이정규
마케팅지원 배진경 임혜솔 송지유 이영선

발행처 (주)로크미디어
출판등록 2003년 3월 24일
주소 서울시 마포구 성암로 330 DMC첨단산업센터 318호
Tel (02)3273-5135 **편집** 070-7863-8597 Fax (02)3273-5134
홈페이지 rokmedia.com E-mail rokmedia@empas.com

ⓒ 서상현, 2020

값 8,000원

ISBN 979-11-354-6519-2 (9권)
ISBN 979-11-354-9260-0 04810 (세트)

서상현 판타지 장편소설

9

환생한 대마법사의 정주행

Contents

너무 늦은 소식

"아직도 그 검사 생각 중이세요?"

가렌트가 떠난 지 한참이나 지난 선술집.

바이스는 여전히 멍하니 서서 출입문만 바라보고 있었다.

꼭 귀신에 홀린 듯한 표정이었다.

"……이걸 어떻게 받아들여야 할지 모르겠으니까."

'받아들인다'라는 말은 이 사안을 본교에 있는 에타르에게 보고를 하느냐 마느냐를 고민 중이라는 뜻이었다.

에타르는 본교로 떠나기 직전, 준비를 마칠 때까진 연락을 지양하라는 지시도 했다.

과연 이것을 어떻게 처리해야 할까.

'무시한다'와 '보고한다'라는 선택의 갈림길에서 바이스의 생각은 위태롭게 이리저리 넘실댔다.

꼭 거센 파도를 만난 전복 직전의 작은 돛단배가 지금 바이스의 머리 상태와 똑같을 것이다.

"저기요, 사장님. 있잖아요."

바이스의 심정이 표정에도 그대로 심각하게 드러났다.

레지가 조심스럽게 그에게 한마디 건넸다.

"왜."

"으음…… 뭐, 말단인 제가 이런 말씀 드리긴 뭐하지만, 저도 어쨌든 조각사잖아요?"

"그래서."

"보고……하시는 편이 좋지 않을까요?"

이제 바이스는 레지를 노려봤다.

딱히 화가 나서가 아니라 그만큼 예민하고 복잡한 사안이라 저도 모르게 민감하게 반응한 것뿐이다.

하지만 레지의 시선으로 보자면 호랑이 눈을 한 무서운 인상이다.

"아니…… 뭘 그렇게 무섭게까지 보십니까? 그냥……."

"그냥 뭐?"

"솔직히 다른 마법사 이름이 나왔으면 저도 무시했을 거거든요. 우리가 모르는 마법사의 이름이 나왔다면 말이죠."

바이스는 이제 팔짱을 끼고 가만히 듣는 자세를 취했다.

무슨 생각을 가지고 있는지 밖으로 한번 전부 꺼내 보라는 뜻이었다.

"그런데 에타르 님을 넘어서 무려 아르키스 에이머 님의 이름이 나왔어요. 마법 사회에서 입에 담지도 못하는 그 이름인데 일개 검사가 어떻게 안단 말입니까?"

"……그건 그렇지."

일리 있는 말이다.

아르키스 에이머가 사라지고, 타일런트는 대대적인 세뇌 작업을 시작해 그를 역사상 최악의 마법사 사일러드와 동일시했다.

따라서 그 이름을 감히 쓰는 것도 안 되며, 입에 담는 것은 크나큰 죄악에 해당되는 것이 마법 사회의 실정이다.

마법 사회에서도 초급 마법사들은 잘 모르는 그 이름.

그 이름을 알고 있는 마법사들도 감히 입에 담지 않으며, 오히려 기억에서 지웠다.

그런 이름을 일개 검사가 알아낼 수 있는 방법 따윈 있을 리 만무하니, 그만큼 가볍게 넘길 사안이 아니지 않겠냐는 뜻이었다.

바이스도 이미 가렌트가 대검사라고 의심은 하고 있지만 확신은 없었다.

바이스가 가렌트에 대해 잘 모르는 이유는.

아르키스 에이머의 제자 신분도 아니었기에 친위대원도 아니었으며, 그로 인해 마법 학교에서도 학생들의 안전을 위

해 지낸 적도 없었기에 꼭대기에 드나드는 일도 없었기 때문
이다.

딱! 딱! 딱! 딱! 딱!

지금 기분이 상당히 복잡하다는 것을 드러내듯 그의 손가
락은 애꿎은 테이블을 딱따구리의 부리처럼 쪼아 댔다.

딱!

그러다 생각을 마쳤는지, 바이스는 손가락을 튕겼다.

"그래, 네 말이 맞다! 이 자식 이거, 마법 좀 넓은 범위로
다룰 줄 알더니 많이 컸다?"

"……예? 그게 갑자기 무슨 말씀이세요?"

"똑똑해졌다는 소리야, 쓸 만할 정도로."

바이스는 그 말만 남기고 홀연히 지하실로 내려갔다.

레지가 높은 서클의 마법을 다루기 시작하면서 두뇌도 명
석하게 변했다는 뜻의, 그만의 칭찬이다.

"……뭐? 이름이 뭐라고?"

-오리안트 가렌트랍니다.

"……."

바이스는 즉시 에타르에게 보고를 올렸다.

에타르는 대기실에서 연락을 받았다.

2층과 비교하면 비교적 자유롭기에 예외적으로 메시지가 아닌 음성 연락이었다.

그리고 오리안트 가렌트란 이름이 모브에서 흘러나온 순간.

누군가 시간 정지 마법이라도 건 듯, 대기실에 있는 세 명은 동시에 행동을 멈췄다.

오리안트 가렌트.

그 이름이 바이스의 입에서 나올 줄은 정말이지 상상도 못 했기 때문이다.

아니, 이름은 어떤 경로로든 알 수도 있다.

그러나 그들을 충격에 빠트린 것은 300년 전에 대검사를 지냈던 인물이 아직도 멀쩡히 살아 있다는 사실이었다.

"바이스, 지금 이런 상황에 장난은 그다지 좋은 생각이 아니야."

믿을 수 없는 알프릭이 일침을 가하듯 말했다.

─알프릭 님, 제가 애도 아니고 말씀대로 이런 상황에서 농담이나 하려고 연락을 하진 않겠죠.

단호한 바이스의 답에 알프릭은 입을 다물었다.

"그래서 바이스, 그가 원하는 게 뭐던가?"

에타르가 침착하게 물었다.

─에타르 님을 뵙고 싶어 하더라고요.

"왜?"

―그 이유는 저도 모르겠습니다. 아시다시피, 전 평민 행세 중이지 않습니까? 더 자세히 캐묻진 못했습니다.

"그럴 만하군……."

차라리 신분을 오픈하고 얘기를 했더라면 가렌트의 의도를 알 수 있었을까?

에타르는 그것이 못내 아쉬웠다.

―그런데 가렌트라는 그 검사, 제가 예상하기론 대검사 같은데…… 맞나요?

"응. 맞아. 아르키스 님이 꼭대기에 계시던 시대에 대검사였어. 하지만 지금의 대검사는 다른 사람이야."

―……그런 검사가 어떻게 300년 넘게 살고 있는 걸까요?

바이스도 이 문제의 해답은 알 수 없었다.

"일단, 확실하지? 자신의 입으로 직접 오리안트 가렌트라고 말했으며, 아르키스 님의 이름까지 언급한 것."

―물론이죠. 절 못 믿습니까?

"아니야. 너무 예상외의 인물이라 놀라서 그랬지."

―보고는 이것으로 끝입니다. 어떡할까요, 다음에 또 온다고 했는데? 정말로 왔을 때요.

바이스는 혼자서 생각하고 결론을 못 내리겠으니, 그 행동 지침을 차라리 알려 달라는 얘기였다.

그렇게 에타르는 깊은 생각에 잠긴 뒤에, 큰 결단을 내렸다.

"차라리 네 신분을 오픈해. 그리고 왜 나를 만나고 싶어 하는지 등등 자세한 사정을 전부 알아내도록."

─예. 알겠습니다.

정확한 지침을 받은 바이스는 그렇게 미련도 없이 연락을 끊었다.

"허허…… 이게 무슨 일이래냐. 오리안트 가렌트? 우리가 아는 그 오리안트 가렌트?"

연락을 끊자마자 내뱉은 트레샤의 한마디.

그도 어리둥절한 모습이다.

"그 대검사가 아직도 살아 있어? 그게 가능해?"

이어지는 알프릭의 말이다.

하지만 오히려 에타르는 덤덤하게 한마디만 남겼다.

"아르키스 님도 눈 잠시 감았다 뜨셨는데 300년이 지난 시대로 환생하셨어. 그것과 같은 이치 아닐까? 당시 꼭대기엔 거대한 폭발이 있었으니. 아마 오리안트 가렌트도 그 영향을 받은 게 아닐까 싶은데."

마법을 직접 다루는 마법사들도 마법의 전부를 아는 게 아니다.

더군다나 마법에는 환생 마법 따위는 없었기 때문이다.

그러나 그런 불변으로 여겨졌던 법칙을 깬 사람.

바로 아르키스 에이머.

게다가 오리안트 가렌트는 동시대의 대검사로서 꼭대기에

함께 있었던 인물이다.

이유는 모르겠지만, 그도 당시 전투의 영향을 받았을지도 모르는 일이었다.

"……그럼 오리안트 가렌트도 환생을 했다는 건가?"

알프릭이 곰곰이 생각에 잠긴 얼굴로 중얼거렸다.

"그건 모르지."

"이거…… 아르키스 님한테 당장 알릴 거지?"

"물론이지."

"그럼 빨리 모브로 연락해."

알프릭이 재촉하자, 에타르는 안 그래도 그러려 했다는 듯이, 대답도 생략한 채 새로운 모브를 꺼냈다.

밴시를 위한 둠 리포졸 수업이 한창이었다.

시간으로 따지자면 약 2시간이 넘었다.

"……아 씨, 짜증 나네."

그러나 진전이 없다.

첫날부터 헤이와 키에나는 작은 장난감 모양의 둠 리포졸을 만드는 데 성공했지만, 밴시는 그 장난감조차 만들 수 없는 상태였던 것이다.

결국, 허탈함의 울분을 참지 못한 밴시의 입에서 거한 육

두문자가 터져 나왔다.

"쓰읍! 그렇게 흔들릴수록 될 것도 안 된다고 몇 번 말해?"

"……죄송합니다. 아무리 그래도 성과가 안 나오니까 당연히 지치죠."

금세 주눅이 들긴 했지만, 그래도 여전히 할 말은 전부 하고 보는 성격이다.

"시끄럽고. 계속해. 모든 마법이 다 그렇잖아. 반복, 숙달. 그것만이 답이다."

"……네."

그렇게 밴시는 다시 둠 리포졸에 열중하기 시작했다.

솔직히 보는 내가 다 답답해서 미칠 지경이다.

왜 안 되는 걸까?

이렇게 간단한 원리인데?

이것은 순전히 내가 대마법사 출신이라서가 아니다.

정말 간단한 원리고 집중만 제대로 하면 충분히 할 수 있는 마법이기 때문이다.

더군다나 헤이, 키에나.

그 전에는 쿠로까지.

셋은 공통적으로 첫날부터 성과를 보였다.

그런데 밴시는 무슨 저주에 걸린 마법사도 아닌데 남들이 다 하는 것을 플레우드임에도 할 수 없는 모습을 보니 나도 답답했다.

그러던 중, 다른 생각이 문득 들었다.

'아닌가……? 키에나나 헤이 둘 다 원래 둠 리포졸도 할 수 있었는데 안 했을 가능성이 있으니까.'

에드 분교 3클래스에서의 수업.

탭 테이킹 수업에서 보였던 그 비정상적으로 빠른 흡수력.

어쩌면 이 둠 리포졸도 그것의 일환일지도 몰랐다.

'그렇다면 이게 평균적인 속도란 건데…….'

그래도 기다릴 수 있는 시간이 많지 않다는 게 우리의 최대 걸림돌이다.

밴시가 땀을 뻘뻘 흘리면서 둠 리포졸에 열중할 때, 모브에 메시지 하나가 날아들었다.

에타르와 나만 연결되어 있는 그 모브다.

-아르키스 님, 지금 연락 괜찮으십니까?

먼저 이렇게 연락이 온다는 것은.

그만큼 중요하고 내 결정이 필요하다는 뜻 아니겠는가.

과연 이번엔 무슨 돌발 사안이 또 생겨난 건지 불안했지만, 최대한 마음 편하게 먹었다.

-어. 괜찮아.

-저기…… 제가 방금 바이스한테 보고를 받았는데 말입니다.

-뭔데?

-메시지보단…… 만나서 말씀드려야 할 것 같은데.

그런데 에타르의 태도가 이상했다.

마주치는 것을 최대한 지양하던 그가 왜 이젠 도리어 먼저 만나기를 안달 내는 걸까?

동시에 불안감도 엄습했다.

이 정도로 스스로 정한 규칙을 깨는 것이라면, 승전보를 기원하며 준비하는 이 마당에 패전보가 어디선가 먼저 울렸을지도 모르는 일이니까.

-그런데 만날 수 있는 곳이 있기나 해?

마음대로 활동할 수 없는 본교란 걸 에타르도 모르질 않는데 이렇게 당당한 이유를 몰랐다.

-있습니다. 여기로 오시면 됩니다.

그리고 그는 모브를 통해 지도 하나를 보여 줬다.

자세히 보니, 4층 도서관의 복도 벽에 한 곳에 작은 불꽃 모양이 표기되어 있었다.

-뭐야, 이건?

-말씀드렸다시피, 아르키스 님이 사라지시고 나서 제 나름대로 반격을 준비하고 있었다고 하지 않았습니까? 그것 중 하나입니다.

-……그걸 왜 이제야 알려 줘?

-상황이 상황이다 보니까요. 4층은 그래도 교수가 학생들 수업을 담당하니까 비교적 자유롭기도 하고요.

-그럼 여기로 오라는 시기도?

-네, 내일 학생들이 수업에 들어가면 바로 저기로 오시면 됩니다.

말하는 걸 봐선 지금 당장 만나길 바라는 것으로 보였는데, 그건 또 아니었다.

-내일 저기에서 기다리고 있겠습니다.

-그래. 알았다.

그는 그렇게 연락을 끊었다.

당최 무슨 일인지는 나도 궁금한 건 마찬가지다.

그래도 다행이란 건, 에타르와 떨어져 있지 않으니 바로 내일이 되면 알 수 있다는 점이다.

그렇게 밴시의 수업을 늦게까지 진행하고, 기숙사로 돌려보낸 뒤 다음 날이 되었다.

밴시가 수업에 가자마자 난 에타르가 알려 준 곳에 도착했다.

그리고 눈에 보이는 수상한 작은 구멍.

그 앞에 서자마자 메시지가 날아들었다.

—그 구멍 속에 불 원소를 약하게 집어넣으시면 됩니다.

에타르가 알려 준 대로 구멍에 손가락을 넣고 불 원소를 약하게 집어넣었다.

그러자 벽 안쪽에서 무언가가 나를 강하게 끌어 들이는 느낌이 났다.

난 그 느낌에 몸을 그대로 맡겼다.

상당히 불쾌한 기분이었지만, 여기는 에타르가 알려 준 곳이니까.

적어도 수상한 곳이 아니란 뜻이다.

그렇게 잠깐 눈을 감았다 뜨니, 의문의 장소가 나왔다.

두 명이 앉아 있기도 힘들 정도로 비좁은 공간.

천장에 그 흔한 조명도 없이 바닥엔 작은 모닥불 하나만 약하게 타오르는 곳이었다.

"어떻습니까? 제가 음침하게 만든 곳이요. 아르키스 님."

그리고 휠체어를 타고 앉아 있는 에타르가 날 맞이했다.

"……뭐냐, 여긴?"

"하하, 반격의 준비물…… 아니, 결과물 중 하나죠. 웨이 포인트입니다, 조각사를 본교로 침투시키기 위한."

"……언제 이런 걸 다 만들었어?"

"제가 만든 거 아닙니다. 임펠이 절 대신해서 타일런트 몰래 모든 층에 설치해 놓은 거죠."

한때 이 학교의 주인이었던 나도 상상도 못 할 곳에 이런 은밀한 장소를 만들다니.

꽤 신선한 충격이었다.

"모든 층? 그럼 2층에서도 있었다는 거 아냐?"

"네. 맞습니다."

"2층에서도 사용하지 왜 안 그랬어?"

"뭐, 2층에서 머물던 시기가 워낙 짧기도 했거니와…… 결정적으로 2층 교수는 너무 한가하지 않았습니까?"

"아, 그랬지."

"아무튼, 오늘 여기로 모신 건 그런 얘기를 하려는 건 아니었는데요."

"그래. 뭔데 만나서 얘기하자는 거야?"

"대검사 오리안트 가렌트. 전에 저한테 물어보신 적이 있지 않습니까?"

에드 분교 6클래스에서의 일이다.

원망스러울 정도로 나약했던 이 아르텔이란 몸.

그 몸을 튼튼하게 만들기 위한 방법을 에타르와 함께 강구

하던 중, 슬쩍 소식을 아냐고 물어본 적이 있었다.

다름 아닌 마나의 상위 자원, 비전력을 사용할 수 있는 튼튼한 몸으로 만들기 위해.

"그랬었지. 근데 이미 지난 일이잖아? 너무 뜬금없게 그 녀석을 물어보네?"

에드 분교에 여전히 있었을 때라면 군침이 돌 정도로 반가운 이름이겠지만, 지금은 아니다.

시기가 완전히 어긋났다.

이미 본교로 와 버린 상태가 아닌가.

"예…… 그렇긴 합니다만 그게…….."

에타르는 난감한 표정을 지으며 볼을 긁적였다.

"왜 그러는데?"

"사실…….."

그리고 바로 어제.

밑의 세계에 있는 바이스의 선술집에 바로 그 오리안트 가렌트가 찾아왔다는 소식을 내게 전했다.

"뭐어!"

나도 워낙 깜짝 놀랄 소식에 의도치 않은 고함이 나갔다.

누가 만약 엿듣기라도 한다면, 내가 에타르를 향해 화를 내고 있다고 오해를 살 정도였다.

"걔가 아직도 살아 있어?"

300년 전 대검사가 어떻게 두 눈 멀쩡히 뜨고 살아 있을 수가 있을까.

그가 마법사도 아닌데 말이다.

"저희도 그 부분에 집중 중입니다. 사칭이나 그런 건 전혀 아닐 거고요. 검사들 중에서 아르키스 님의 이름을 아는 검사가 어디 있겠습니까?"

"하긴, 내 이름은 지금 마법 사회에서 금지된 이름인데. 마법사를 통해서 알았을 리도 없고."

그렇다면 정말 바이스를 찾아온 그 검사가 가렌트가 맞다는 건데…….

순간, 내 머릿속을 스치는 기억 하나가 있었다.

"잠깐만……."

"뭐 짚이시는 거라도?"

"어. 네 학교에 있었을 때, 정확히 말하면 6클래스였을 때지. 나 혼자 밑의 세계로 간 적이 있잖아. 웨이 포인트 권한을 받고."

"그때면……."

밑의 세계에서 아령을 구해 왔던 그날이다.

"아, 네. 그랬죠. 그런데 그때 무슨 일이 있었나요?"

"그때 내가 돌아오는 경로를 단축하려고 검사의 거리를 가로질러 왔거든. 그러던 중에 검사 하나랑 부딪쳤는데……."

구름 그림을 가지고 있던 그 검사.

나중에 생각했을 때, 가렌트와 상당히 목소리가 닮았다고 여겨졌던 검사였다.

"그럼…… 그 사람이 오리안트 가렌트란 거 아닙니까? 못 알아보셨어요?"

"당연히 모르지. 꼭대기에서 녀석과 오랜 시간 함께한 건 맞지만, 우리가 목소리만 교환하지 서로 얼굴을 마주 보고 이야기한 건 아니잖아."

"아…… 그건 그렇네요."

목소리는 상당히 친숙하지만 얼굴은 낯선, 그런 사람이다.

"그런데 그 녀석. 왜 갑자기 거기 선술집을 찾았대?"

"바이스 말로는, 저를 만나고 싶어 한다던데요?"

"……왜?"

"그건 저희도 모릅니다. 검사들만의 사정이라고 했던 거 같은데."

도대체 무슨 사정이 있기에 마법사를 개입시키려는 걸까?

그것도 에타르를 콕 집어서.

검사들은 마법사와 달리 자기들끼리 뭉쳐 있으며 평화로운 나날을 보내는 세력이다.

그런 세력이 마법사에 관심을 갖는 것 자체가 그다지 달갑게 다가오지 않았다.

"그래서 바이스한테는 뭐라고 했는데?"

"혹시 다음에 찾아오면 그냥 신분을 오픈하라고 했습니다. 그럼 자세한 사정을 알 수 있지 않을까 해서요."

난 에타르의 말을 듣고 가만히 생각에 잠겼다.

확실히 오리안트 가렌트란 이름은 지금 내게 상당히 반가운 이름은 맞다.

그러나…… 거듭 강조하지만, 시기가 너무 어긋났다.

분교 생활 중에 그의 소식을 알게 되었다면 당장 뛰쳐나가 만나겠지만.

지금은 만나러 갈 수도 없는 상황이다.

"에타르."

"네."

"본교 생활 중에는 우리 마음대로 밑의 세계로 못 가잖아? 타일런트가 우릴 묶기 위해 있던 방학도 없앴으니까."

"……그렇죠. 뭐, 몰래 이 웨이 포인트를 향해 나갈 수는 있겠습니다만."

"그럼 4층의 교수 베인이 금방 알아차리겠지."

"아마도요."

4층에 학생이 없다는 것쯤은 금방 알아차릴 수 있다.

만에 하나, 내가 과감한 시도를 하기 위해 에타르가 만들어 놓은 웨이 포인트를 타고 밑의 세계로 갔다고 치자.

그런데 그 순간 제단이라도 열려 버리면?

그렇게 기다리던 제단이 열렸는데 내 모습이 보이지 않는다면?

베인은 틀림없이 수상하게 생각하고 날 찾기 시작할 것이다.

1층에서부터 2층까지.

제단이란 제단은 전부 독점해 왔던 나인데 그런 제단을 방관하는 것 자체가 말이 되질 않으니까.

더군다나 위로 향하기 위해선 제단을 필수적으로 닫아야 했다.

그런 졸업 조건을 제 발로 걷어차는 형색이니, 괜히 의심만 잔뜩 사는 일이었다.

"바이스한테 새로 지시해. 다음에 오더라도 정체 숨기라고."

따라서 이것이 내 생각이었다.

"……예? 왜요, 굳이?"

"그럼 굳이 알릴 필요는 뭐가 있는데, 반격을 목전에 둔 상황에?"

"……"

"뭐, 가렌트가 왜 마법사를…… 그것도 하필이면 너를 찾는 건지는 모르겠지만, 지금 상황에 냉정히 따지면 도움이 될 건 아니잖아? 목전까지 다다른 지금, 우린 우리의 목표에만 집중해야 하지 않나?"

"그렇긴 합니다만……."

"가렌트는 나중에 저 타일런트부터 없애고, 나아가 사일러드도 없앤 다음에 만나도 돼. 검사들의 사정 때문에 너를 찾는다? 그럼 더더욱 거기에 호응할 필요가 없지. 그건 검사들의 사정이고, 우린 우리의 사정이 따로 있으니까."

가렌트에게 악감정이 있어서가 아니다.

나도 검사 중에 가렌트는 정말 친구라고 생각했던 녀석이다.

하지만 일의 중요도를 나열하자면.

지금은 다른 곳에 신경 끌리지 않고 꼭대기에 있는 타일런트와 사일러드에만 집중해야 할 판이기 때문이다.

애초에 내가 본교로 입학한 이유가 무엇인가?

적어도 나는 준비가 완벽히는 아니지만, 원하는 만큼은 되었으니 이 잘못된 세상을 바로잡기 위해서다.

그 과정에서 돌부리에 걸려 넘어지는 건 절대 용납할 수 없는 상태다.

검사들에게 아무리 중대한 사정이 있다고 한들, 지금 타일런트와 사일러드의 사정만큼 중대할까.

이 둘을 가만히 내버려 두면 각자의 사회가 있는 두 개의 위의 세계는 물론, 밑의 세계까지 피바람으로 가득 찰 것인데.

"그렇죠. 설마, 검사들이 내부 분열이 일어났고 그 패권 싸움에 마법사를 끼어들게 하려는 건 아니겠지만…… 우리 사정만큼 중요하진 않겠죠."

"그러니까 바이스한테 다시 지시해, 무조건 숨기도록. 우리에게 주어진 계획을 소화한 뒤에 만나도 늦지 않다고 생각한다."

"알겠습니다."

그렇게 에타르와의 작은 회의는 끝이 났다.

"그래도 반갑긴 하네. 나중에 만나면 어떻게 아직도 살아 있는지 한번 물어는 봐야겠어."

"저, 아르키스 님. 혹시 그 말씀은? 모든 걸 정리한 후에 전생에서 이루지 못한 것을 이루시겠다는 겁니까?"

에타르가 슬쩍 물었다.

"그렇게 티 났나?"

"네. 꼭대기에 계실 때도 오직 그것만을 목표로 하셨으니까요."

서로 단절되었던 두 세력이 화합의 시대를 맞이하는 것.

그것이 내 인생에 있어 최대 목표다.

그것은 시대가 변한 지금에도 흔들림 없이, 여전하다.

단, 그 전에 타일런트와 사일러드부터 처리하고 나서다.

"맞아. 그때가 되면 아무 걸림돌도 없으니까 쉽게 이루겠지?"

"그 계획을 이루도록, 옆에서 열심히 보좌하겠습니다."

"그래, 그럼 먼저 가 보……."

내가 작별 인사를 하려고 하던 그때.

께름칙한 기운을 느끼고, 내 눈빛은 경계에 가득 차 사납

게 변했다.

"……왜 그러십니까?"

"이건 분명……."

4층의 제단에 펼쳐 놓은 네 개의 감지 마법 중 하나가 작동했다.

그 뜻은.

네 개 중 하나의 제단이 분명히 활동을 시작했다는 뜻이다.

"먼저 간다!"

4층에 오고 나서 꽤 오랜 잠복 기간을 걸친 뒤 실로 오래간만에 열리는 제단이다.

그만큼 학생들의 경쟁도 심할 것으로 판단되었기에 나는 서둘러 에타르와의 비밀의 장소에서 나왔다.

꼭대기 철문 속.

아무것도 보이지 않는 칠흑의 어둠.

그리고 온몸을 엄습하는 기분 나쁜 한기.

"……하아. 하……."

그곳에 애처로운 신음이 작게 울려 퍼졌다.

상당히 고독하며 깊은 고통을 머금은 신음이다.

"조금만 더…… 조금만……. 이제 다 왔어……."

바로 목소리의 주인은 한때 시대를 장악할 뻔한 마법사.

사일러드다.

그는 아무것도 보이지 않는 어둠 속에서 무엇이 그리도 지쳤는지 철퍼덕 엎어진 상태로 있는 힘을 쥐어짜 내며 계속 중얼거렸다.

"조각은…… 착실히 모였어. 조금만 버티면 된다…… 조금만……."

하지만 그가 힘을 낼수록, 그를 덮친 어둠은 더욱 강렬하게 깊은 어둠으로 변하며 한기도 극심해졌다.

그의 집중을 방해하려는 움직임이다.

"역겨운 스승님…… 이렇게까지 해야 합니까?"

사일러드는 어둠을 향해 원망스러운 목소리를 냈다.

하지만 그것도 잠시, 그의 입꼬리는 미세하게 올라갔다.

"그래도 상관없지요. 어차피 당신이 죽은 그 순간, 이긴 건 나니까."

그리고 그는 정신을 어둠에 사로잡히지 않도록 다잡기 위해 몸을 겨우 가누며 앉았다.

두 손바닥이 하늘로 향하도록 모으며 그곳에 다시 마력을 집중하기 시작했다.

사방에 깔린 어둠을 몸으로 겸허히 맞서며, 실성한 듯 내뱉었다.

"크크큭…… 크큭…… 그래, 계속 그렇게 괴롭히십시오. 어차피 이제 당신은 없으니 날 막을 수 있는 사람도 없거든. 인생 참 기구하지 않습니까? 제자한테 죽임당한 당신인데. 당신의 제자도 당신과 똑같이 제자한테 죽임당하다니."

그렇게 그는 원하는 만큼의 마력을 전부 모았을 때.

이전엔 없던 이상 징후가 찾아왔다.

"쿨럭……!"

느닷없이 피를 토하는 것이었다.

"시간이…… 많이 없군. 조각들이여, 어서 내게로 오라……."

힘겹게 모은 마력을 그대로 방출시켰다.

"그런데…… 조각 하나는 여전히 왜 보이지 않는 것인가. 뭐, 상관없나. 그렇게 핵심적인 조각은 아니었으니까."

입가에 흐른 핏줄기를 슥, 닦으며 삼킨 말이었다.

감지되는 제단의 위치는 바로 정원에 있는 제단.

하늘에 있는 그 제단이었다.

다급하게 제단에 도착하니, 역시나 모든 학생이 모여 있을 정도로 인파를 이루었다.

'조금 늦었나.'

그런 생각을 삼키며 정원에 진입한 그때.

난 조금 이상한 현상을 깨달았다.

'이건 무슨 상황이야? 원래…… 제단이 이런가?'

4층의 제단부터는 기존에 접하던 제단과 확실히 느낌이 달랐다.

바로 제단이 여전히 활동 중인데 정작 가장 중요한 몬스터를 내뱉고 있지 않다는 뜻이다.

2층까지의 제단은 활동하자마자 몬스터를 뱉어 냈다.

그런데 4층의 제단은 몬스터를 뱉기까지 조금 시간이 걸리는지, 활동만 왕성하고 핵심 알맹이라 할 수 있는 몬스터의 모습이 보이지 않는 것이다.

쿠쿵-!

콰앙-!

그렇다 보니, 정원의 상태는 아주 난장판이었다.

몬스터가 아직 나타나지 않음에 따라 학생들이 제단을 차지하기 위해 서로 사용할 수 있는 마법을 총동원하며 순식간에 전장으로 변한 것이었다.

제단을 가득 메운 여러 원소의 둠 리포졸.

그리고 그런 둠 리포졸을 보좌하기 위한 여러 원소의 마법들.

4층의 학생 전부가 이곳에 모여 제단 하나를 차지하기 위해 열띤 경쟁을 벌이는 중이었다.

'시장통이 따로 없잖아…….'

그 광경을 보고 느낀 나의 첫 감상이었다.

적어도 2층까지는 질서가 있었다.

1층에서는 나의 적수가 되지 않는다고 판단한 학생들이 내가 장악하지 않은 제단으로 몰려갔고.

2층에서는 패권을 잡은 학생이 나서서 제압해 버리면 다른 학생들은 움츠러들어 포기했다.

그런데 4층에서는 그런 게 없다.

말 그대로 무법 지대라고 표현하는 게 옳았다.

분명히 역량적으로 상대에게 명백히 지는 마력을 가졌음에도, 처절하게 맞서는 모습을 보이는 중이다.

그 증거 중 하나로 이미 둠 리포졸의 상당수가 부서져서 잔해로 변해 나뒹구는 중인데도 억지로 손으로 다시 조립하여 맞서는 학생들이 태반이라는 것이다.

이런 시장통 속에 내 눈에 유독 잘 보이는 것은 대지 원소의 둠 리포졸이었다.

그리고 내겐 꽤 익숙한 둠 리포졸이다.

바로 도서관에서 일부러 내가 시비를 걸었던 그 학생들이었다.

'이럴 때 나서는 것보단…….'

난 조용히 사태를 파악하고, 학생들의 신경이 내게 쏠리지 않도록 정원 구석으로 빠르게 몸을 옮겼다.

'허무함을 주는 게 더 낫겠지.'

2층 입학 당시에도 썼던 방법을 다시 꺼낼 생각이다.

학생들이 어떻게 싸우건, 내가 신경 쓸 것도 없다.

지금 저 시장통 속에서 대지 원소의 둠 리포졸이 건재하다는 뜻은.

이 시장통에서 존재감을 위협적으로 뿜어내는 게 대지 원소 학생밖에 없다는 뜻이며, 공교롭게도 해당 학생의 역량은 이미 내가 파악한 적이 있다.

따라서 나 혼자 정원으로 온 지금은 오직 하늘에 있는 제단에만 신경 쓰면 된다는 뜻이다.

그렇게 학생들에게 들키지 않고 정원 구석으로 도달하는 데 성공했다.

이제 하늘의 제단에서 몬스터가 나오기만을 기다리면 된다.

조용히 숨죽이며 기다리기 시작한 지 약 5분.

드디어 하늘의 열린 제단에서 몬스터가 등장했다.

'……참, 보기 싫은 모습이군.'

그런데 이번 몬스터의 모습은 유독 흉측하기 짝이 없었다.

몬스터의 정체는 그리핀.

단 한 마리다.

그러나 몸체는 거대했다.

키에나가 에드 분교에서 소환했던 그리핀과 비교하자면

족히 3배는 차이가 날 정도다.

하지만 차마 눈 뜨고 보기 힘든 형체였는데…….

살가죽은 없고 뼈만 앙상하게 드러난 스켈레톤류의 그리핀이었다.

그 안에 징그러운 내장이 활동하는 게 고스란히 보였고, 눈알도 대롱대롱 애처롭게 매달린 모습이었다.

'상태가 더 안 좋아졌군, 사일러드.'

정말 한계에 봉착한 상태일 거다.

그가 소환한 몬스터가 저런 모습이라면.

1층, 2층 때보다 더 눈에 띌 정도로 좋지 않은 상태다.

그리고 동시에 몬스터가 등장하자 이제 시장통을 이루던 학생들의 둠 리포졸은 몬스터로 향했다.

각기 다른 크기, 원소를 가진 둠 리포졸들은 이제 몬스터가 하나의 비상구라도 되는 것 같은 움직임이다.

비좁은 비상구를 서로 먼저 나가겠다고 무질서하게 움직이다가 결국 어깨가 끼어서 오도 가도 못하는 그런 상태.

지금 정원에 펼쳐진 둠 리포졸이 그러했다.

'그렇겐 안 되지.'

난 재빠르게 달렸다.

그리고 내가 도달한 곳은 바로 본교 정원이라면 무조건 있는 그것.

영롱의 나무다.

영롱의 나무에 도착한 난 그대로 손바닥을 나무에 대고 마법 하나를 시전했다.

2층에서 요긴하게 써먹었던 그 마법.

브릴리언스다.

단, 2층 때와 차이가 있다면 둠 리포졸과 연결한 게 아닌, 시전자인 내 몸과 직접 연결한 것이다.

연결된 대상이 정해진 마나를 주입한 둠 리포졸이 아니기 때문에 당연, 낼 수 있는 힘도 2층 때와는 비교할 수도 없다.

그렇게 나는 브릴리언스를 연결한 상태로 새로운 불 원소 마법을 시전했다.

기존에 있는 마법이 아닌, 지금 시장통을 보고 즉흥적으로 생각해 낸 마법이다.

당연히 이름 같은 게 있을 리가 없다.

"자, 성능을 한번 볼까."

하늘로 높이 뻗은 앙상한 영롱의 나무 나뭇가지들.

내가 마법을 시전한 동시에 나뭇잎도 없는 나뭇가지는 마치 그리핀의 둥지를 만들려는 것처럼 동그랗게 모였다.

그리고 그 속에서 용암을 무차별적으로 뱉어 냈다.

화산이 폭발하면 주체할 수 없을 정도의 용암이 흘러내는 것과 같은 모습이다.

그렇다.

영롱의 나무를 이용해 이 무법 지대의 시장통을 일순간에 화산 지대로 만들어 버린 것이다.

"······뭐, 뭐야?"

"저 나무가 언제 저런 적이 있었어?"

영롱의 나무가 화산처럼 활동하자 학생들은 당황하며 행동을 잠깐 멈췄다.

하지만 그러면 안 됐다.

그 찰나의 순간은 내가 몬스터를 처리하기에 너무나도 충분한 시간이었으니까.

화산으로 변한 영롱의 나무가 뿜어내는 용암은 그리핀의 몸을 강타했고, 그리핀은 그대로 맥없이 지상으로 향해 수직 낙하하기 시작했다.

[아르텔]

─포인트 : 0/30

하지만 아직 포인트에 변동은 없다.

따라서 완벽한 마무리가 되지 않았다는 뜻이다.

'다 잡아 놓은 물고기를 고양이한테 뺏길 필요는 없으니까.'

떨어지는 그리핀을 향해 조준하고, 다시 브릴리언스를 이용해 영롱의 나무를 조종했다.

처음엔 무차별적으로 포격한 이유는 학생들의 둠 리포졸

도 무력화하기 위함이다.

하지만 이제 그럴 필요는 없으니, 목표는 단 하나.

지면에 닿기 직전인 사일러드의 그리핀이다.

나는 그리핀에 정확히 조준하고, 용암을 난사했다.

퍼버버벙-!

정원에 작은 불꽃 축제라도 벌어진 것처럼 화려한 폭연들.

그것도 잠시. 아주 잠깐 모습을 내밀었던 그리핀의 모습은 그렇게 흔적도 없이 사라졌다.

[아르텔]

-포인트 : 5/30

내가 처리한 제단의 급은 4층에 존재하는 제단 중 가장 높은 급인 6급 제단이었다.

"……이렇게 빨리?"

제단 처리가 끝나자 허탈한 학생들의 목소리가 시장통의 대미를 장식했다.

❦

3개월 뒤.

본교 2층.

클레어와 케이는 지난 3개월간 늘 함께했다.

아니, 어디 3개월뿐인가.

본교로 오기 전, 분교 생활에서도 몇 년이나 늘 함께했던 그들이다.

둘이 뭉쳐만 있으면 늘 화기애애하며 웃는 얼굴을 했던 그들.

그러나 지난 3개월 동안은 그런 긍정적인 표정을 전혀 짓지 못했다.

"……클레어, 아무래도 실수한 걸까?"

"몰라. 이게 무슨 일이야?"

바로 지난 3개월 동안 제단이 단 한 번도 열리지 않았다는 것이다.

이미 교수들이 특정 학생을 돕는 것에 불만보다는 의구심을 품고 먼저 올려 보낸 뒤 곧장 뒤따를 생각이었던 클레어와 케이.

그러나 그들의 계획엔 너무 비참한 이변이 찾아오고 말았다.

정확한 시점을 돌이켜 보자면.

쿠로와 테슬라가 다음 층으로 향했을 때부터다.

바로 그때부터 2층의 모든 제단이 쥐 죽은 듯이 조용하게 변했던 것이다.

3개월간 정말 단 하나의 제단도 열리지 않았다.

그들이 본교 생활을 하면서 3개월 동안 한 번도 제단이 열리지 않은 적은 더더욱 없었기에 당황할 수밖에 없었다.

아니, 어디 3개월인가.

한 달 동안도 열리지 않았던 적은 없었다.

[클레어]

-포인트 : 25/30

[케이]

-포인트 : 25/30

제단 하나만 닫으면 다음 층으로 향할 수 있는 조건이 충족되었던 둘.

둘의 지난 3개월은 하염없이 포인트가 적힌 모브만 바라보는 것이었다.

게다가 이 계획을 먼저 제안한 것이 케이.

괜히 의구심을 품어 스스로 2층에 고립되게 만든 게 아닌가 하는 죄책감이 몰아쳤다.

"그냥 맞서서 경쟁할 걸 그랬나……."

그렇기에 둘은 늘 붙어 있지만, 이제 웃는 날도 없이 근심만 가득한 나날이 펼쳐졌다.

클레어는 그런 케이의 등을 다독였다.

"네 잘못도 아닌데 뭘. 이렇게 될 줄 알았어? 하다 보니까 이렇게 된 거지."

속내는 케이와 마찬가지로 무기력하고 슬프고, 화가 나지만 적어도 케이에겐 애써 내색하지 않았다.

안 그래도 저렇게 우울한 모습을 한 그인데, 자신까지 짐이 될 순 없다는 생각이었다.

"어쨌든 이렇게 만든 건 나잖아."

"됐어. 나도 거기에 찬성했고, 함께 이렇게 만든 거니까."

"……."

"그런데 케이, 나 진짜 궁금한 게 있거든."

"뭔데?"

"가만 생각해 보니까. 확실히 수상한 게 너무 많아."

"어떤 점이?"

"제단이 비정상적으로 갑자기 많이 열린 것도 그렇고 쿠로랑 테슬라 그 둘이 다음 층으로 넘어가자마자 쥐 죽은 듯이 조용해진 것도 그렇고."

"그렇긴…… 하지?"

케이도 지난날을 곱씹었다.

확실히 쿠로, 테슬라, 아르텔, 헤이 이 네 명의 더블 캐스터가 학교에 들어오고 나서 학교는 지난날과는 다른 일상을 보내는 중이다.

"왜 걔들이 사라지자마자 제단이 조용해진 걸까? 꼭 누군가가 의도적으로 제단을 조종이라도 하는 것처럼."

클레어의 입에서 나온 한 단어.

"……조종이라."

케이도 그 단어를 곱씹었다.

"만약 조종이 가능하다면 본교 어딘가에 우리가 모르는 장치 같은 게 있는 거 아닐까? 우린 본교 생활을 하면서 한 번도 그런 생각을 한 적이 없잖아? 그렇다 보니 찾으려고 생각한 적도 없었고."

케이는 조용히 고개를 끄덕였다.

감히 학생이 학교를 상대로 의구심을 품을 수나 있을까.

더군다나 이 본교의 주인은 마법사들의 주인, 대마법사 드라코 타일런트인데.

본교를 의심하는 것은 곧 대마법사를 의심하는 것이며 이는 중대한 적대 행위다.

그러나 거듭 쌓인 의구심으로 가득한 나날로 인해 케이와 클레어는 다시금 새로운 진실을 찾고 싶은 욕구가 샘솟았다.

"한번 찾아볼까?"

그때 클레어가 말했다.

"찾다니 뭘?"

"만약 제단을 조종할 수 있는 장치 같은 게 있다면 본교 어딘가에 있지 않을까?"

"그걸…… 찾자고?"

케이는 약간 두려운 표정을 지으며 되물었지만, 돌아오는 클레어의 답은 '응.'이라는 간결한 한마디였다.

　"제단도 안 열리는데 계속 이렇게 죽치고 있을 거야? 뭐라도 해야지."

　"……그렇지."

　"그럼 됐어. 나가자."

　클레어는 그렇게 케이의 손목을 붙잡고 밖으로 나갔다.

　"아니, 어떻게 뭘 찾게?"

　"몰라. 그냥 해 보는 거지."

이변에 따른 임기응변

제단이 사이좋게 합죽이가 된 것이 벌써 3개월째.

가장 최근에 열린 제단이 바로 정원에서의 그리핀이었다.

학생들은 숨이 멎은 제단을 두고 온갖 추측을 해 댔다.

제단이 이제 더는 안 열리는 게 아니냐?

언제 본교 생활을 하면서 이런 적이 있냐?

만약 그렇게 된다면, 층을 졸업하는 조건은 무엇이 되는 것이냐?

학생들은 이미 제단이 열리지 않는 것을 기정사실화하고 논의하던 중이었다.

하지만 그런 학생들 사이에서 유이하게 무덤덤한 사람이 있었으니, 바로 나와 밴시다.

학생 중 제단의 원리를 아는 유일한 사람, 바로 나.

난 밴시에게 정원에서 나왔던 그리핀을 설명하며 사일러드의 상태가 오늘내일하는 중인 것 같다고도 덧붙였다.

그렇다 보니, 밴시는 현재 일어나는 상황을 그다지 심각하게 받아들이지 않았다.

다만 이런 말은 습관적으로 했다.

"시대를 장악할 뻔한 마법사? 그거 너무 과대평가 아닙니까? 고작 몬스터 몇 번 소환하고 휴식기라니. 역시, 아르키스 님이 더 대단한 마법사 맞다니까요?"

일부러 저런 농담을 건넨 것이다.

사일러드가 이미 꼭대기에 갇힌 지 300년이 넘었다.

스승님이 만들어 놓은 그 봉인의 장소에서 300년을 넘게 버틴 것도 용한데, 마력까지 지속적으로 사용하는 중이었으니, 어떻게 정신이건 몸이건 온전할까.

고만고만한 마법사였으면 1년도 제대로 못 버텼을 거다.

밴시도 그런 사정을 모르는 건 아니다.

그런데도 굳이 저런 농담을 건네는 게 전적으로 나를 응원하기 위함이었다는 것을 나도 잘 안다.

사일러드가 강한 마법사였던 것은 부정할 수 없는 사실이나, 현재로만 놓고 보자면 내가 사일러드보다 더 강한 마법사라는 포근한 응원이다.

그리고 지난 3개월 동안 더블 캐스터들을 상대로 한 둠 리포졸 수업도 약간의 변화가 찾아왔다.

바로 테슬라, 헤이, 그리고 키에나까지.

셋은 금방 수업에서 해방되었다는 뜻이다.

습득력 자체가 원체 빠르기도 했거니와 셋이 구현하는 둠 리포졸도 크기는 훌륭했다.

나와 비교하자면 작을지 모르겠으나, 4층 평균적인 학생들과 비교하자면 확연하게 거대했단 뜻이다.

그리고 밴시가 둠 리포졸 수업에서 해방된 것은 2개월 차였을 때다.

앞선 셋이 구현하는 둠 리포졸보다는 훌륭하진 않지만, 그래도 4층 학생들과 비교하자면 딱 평균적인 수준엔 들어갔다.

걱정이 많았던 밴시의 둠 리포졸 수업인데, 갑작스럽게 제단이 침묵을 유지 중이니, 오히려 이런 상황에서는 차라리 잘됐단 생각이 들었다.

더불어 둠 리포졸 수업이 끝나면서 에타르를 포함한 나머지 제자들도 활동엔 제약이 걸렸다.

수업에 들어갈 일이 없으니 그만큼 셋에 대한 감시가 더욱 강화된 것.

따라서 4층에선 나 혼자 움직이는 나날이 계속되었다.

난 오늘도 침묵을 유지하는 제단들을 순찰이라도 하듯이, 복도를 거닐며 생각했다.

'이런 상황이라면 넌 어떤 수를 내놓을 거지, 타일런트? 넌 지금 우리가 여기에서 여유롭게 시간이나 축내는 걸 바라지 않을 텐데?'

그가 가장 원하는 재료는 더블 캐스터들.

여섯 명의 더블 캐스터 중 원하는 특정 인원만 추려서 꼭대기로 신속히 조달해야만 한다.

그런데 아무런 소식이 없이 벌써 3개월이나 지난 참이다.

몬스터를 통해 사일러드의 상태도 실시간으로 확인했고.

그 정도면 꽤 오랜 잠복기를 거쳐야만 다시 제단이 활동할 수 있을 거다.

그러나 그때까지 타일런트가 가만히 기다릴 재목이던가?

하루라도 빨리 재료를 선발하고, 꼭대기로 와야 하는데.

더군다나 사일러드가 제단을 활동시킬 힘이 없을 정도면 타일런트가 눈 빠지게 기다리던 순간이다.

이윽고 난 천장을 쳐다봤다.

'자, 타일런트. 생각해 놓은 수, 또 없어? 너라면 이런 변수에 대비했을 거 아니야?'

과연 다음 수로는 뭐가 나올지 내심 기대가 되었다.

타일런트는 봉인석을 확인했다.

검은색 비율 95%.

일생에 걸쳐 그토록 고대한 순간이 눈앞에 다가왔음에도 기쁜 마음보단 걱정만 앞섰다.

바로 자신이 아직 준비가 되지 않았던 것이었다.

95%의 검은색 비율을 가졌단 것은, 이 작은 봉인석이 사일러드의 힘 95%를 전부 흡수했다는 뜻.

이 돌멩이에 전성기를 누리며 검사, 마법 사회 두 세력을 파멸 직전으로 몰고 갔던 그 힘이 고스란히 담겨 있다.

그러나 이대로 흡수할 수 있느냐?

그건 타일런트 자신이 정답을 가장 잘 알고 있다.

검은색 비율이 차오르면 차오를수록, 이질적인 힘이 봉인석에서 뿜어져 나왔으며 직감만으로 간단히 컨트롤할 수 없는 힘이란 걸 알아차렸다.

그 뜻은.

현재 자신의 역량으로는 분에 넘치는 힘이란 뜻이다.

"보름달이시여, 성배는 진작에 제조가 끝났습니다만……."

그때 셔먼이 말했다.

일전에 이미 셔먼에게 남은 네 개의 성배 제조를 전부 진행하라는 명령을 내린 적이 있었다.

그리고 아르텔 팀과 쿠로, 테슬라가 4층에 진입하고 며칠 지나지 않아, 셔먼은 성배를 안전하게 꼭대기로 가지고 왔다.

하지만 그 안에 들어갈 후보자들은 여전히 확정할 수 없던 상태였다.

셔먼의 말은 다음 행동 지침을 내려 달라는 간곡한 부탁이었다.

"……."

타일런트는 그저 침묵만 지켰다.

솔직히 예상했던 상황이 아니다.

300년 동안 주기가 들쭉날쭉하지만, 제단은 확실하게 활동하였고 밑의 층에 있는 학생들도 그 제단으로 역량을 테스트했다.

300년 동안 절대 깨지지 않았던 시스템.

3개월이 넘도록 제단이 열리지 않았던 적도 없었다.

그런데 이변이 생기고야 만 것이다.

"후우……."

답답함이 잔뜩 느껴지는 그의 한숨에 셔먼은 저도 모르게 움찔거렸다.

그렇지 않아도 타일런트가 예민하면, 어떤 사람으로 돌변할지 가늠할 수 없는 마법사였기 때문이다.

"셔먼."

"네, 보름달이시여."

드디어 입이 떨어진 타일런트.

셔먼은 바짝 긴장하며 경직된 목소리로 답했다.

"이 사태가 얼마나 갈 것 같나? 금방 사라질 잠깐의 해프닝인지, 아니면 지속될 하나의 난제인지를 묻는 것이야."

"그건……."

셔먼도 알 도리가 없었다.

제단의 원리를 알지만.

결정적으로 철문 안에 갇힌 사일러드의 상태를 밖에서는 볼 수 없다는 것이 큰 걸림돌이었다.

"하긴, 네가 알면 나 대신 이 자리에 있어야지."

"죄송합니다…… 보름달이시여……."

그렇게 타일런트는 다시 골똘히 생각에 잠겼다.

'일단 이 사태가 언제까지 갈지 모른다. 그렇다고 오래 지켜볼 순 없고…….'

그리고 내키진 않지만, 하나의 결단을 내렸다.

"3개월만 더 지켜보지."

"예? 3개월이나요? 지금 상황에서 3개월은 30년과도 같이 느껴지지 않으십니까?"

셔먼의 입장에선, 그토록 고대한 순간이 눈앞에 다가왔는데 3개월이란 긴 시간 동안 인내하기엔 너무 가혹한 고문이 아니냔 뜻이었다.

"그렇다고 방도도 없잖아? 기존 졸업 조건도 전면 수정해야 하는 상황인데, 나도 생각할 시간이 필요하지."

"아……."

300년 동안 변하지 않았던 것이.

불변이라고 믿었던 것들이 뒤틀린 순간이다.

아무리 타일런트의 두뇌가 명석하다고 한들, 이런 이변에 대처할 임기응변이 딱히 떠오르지 않았다.

하지만 가장 중요한 것은 활동을 멈춘 제단들.

타일런트는 이렇게 생각했다.

저 제단이 남은 3개월 동안도 활동하지 않으면, 영원할 것이라고 보고 4층에 있는 여섯 명의 더블 캐스터를 위로 올리기 위한 새로운 방안을 마련할 것이라고.

그리고 어떤 방안이 될지 대충 기반은 잡아 가기 시작한 그였다.

"3개월 동안 밑에 있는 교수들이나 잘 감시해."

"알겠습니다."

클레어와 케이가 2층 여기저기를 헤집고 다닌 지 어언 2주.

장치로 의심될 만한 것은 아무것도 찾지 못했다.

"클레어, 아무래도…… 우리가 너무 황당한 생각을 한 걸까?"

2주의 추적 끝에 실마리 하나 찾지 못했으니, 케이도 슬슬 지칠 시점이었다.

둘은 현재 학교 복도.

그것도 도서관 복도였다.

"……."

클레어도 케이와 똑같이 지친 것은 마찬가지다.

그러나 그녀는 내색할 수 없었다.

정확히 무엇을 찾는지도 모르고 강행한 수색.

그것이 다름 아닌 그녀 자신으로 인해 시작된 것이었기에, 2주 만에 포기하는 것은 너무나 나약한 생각이라고 판단했기 때문이다.

"그렇게 지치면 넌 들어가서 쉬든가."

당연, 그런 여파 때문에 둘 사이엔 작은 빈틈이 생겼다.

불화의 빈틈.

서로 슬슬 지치며 생각이 달라지자 결국 불화를 피할 수 없는 상태가 되었다.

클레어는 그런 케이를 매몰차게 뿌리치듯, 등을 휙 돌렸다.

혼자서라도 찾겠다는 고집스러운 행동이었다.

케이는 그런 클레어의 손을 다급하게 잡았지만.

쩌적-!

클레어는 빙결 마법까지 사용하며 경고했다.

"하기 싫은데 나 때문에 억지로 하지 마. 나 혼자 알아서 할 거니까."

"클레어! 왜 그렇게 삐딱하게 받아들여?"

"삐딱? 그건 네가 먼저 시작한 거 아니던가."

"정신 차리자. 이건 정말 의미 없는 짓이야. 시간만 버리는 거라고."

2주면 2층 전부를 일곱 번은 세밀하게 훑고도 남을 시간이다.

실제로 둘은 일곱 번이 넘도록 2층 전부를 훑었지만, 아무 단서도 찾지 못했다.

케이는 할 만큼 했으니 이제 미련 없이 포기하고 다른 것을 생각할 때가 되지 않았냐는 회유의 말이었지만.

클레어의 생각은 달랐다.

확신은 없지만, 분명 어딘가 무언가가 있을 거란 고집만큼은 여전히 그녀의 마음속에 굳건히 존재했기 때문이다.

하지만 케이의 입에서 나온 '의미 없다.'라는 말.

이것은 결국 클레어의 화를 돋우고야 말았다.

"의미 없어? 그럼 열리지도 않는 제단을 가만히 기다리는 건 의미가 있고?"

"그런 뜻이 아니잖아……."

"3개월 하고도 벌써 2주나 지났어. 그런데 제단이 열린 적 있어?"

"……."

"없잖아. 어딘가 분명히 있을 거야, 제단을 조종하는 무언가."

"그 정도 했으면 충분히 했어. 다른 방법을 찾아보자."

"그러니까 넌 그 다른 방법을 생각하고 있으라고. 둘이 머리만 맞대고 끙끙대면 뭐가 달라질 것도 없잖아. 나 혼자 알아서 찾고 있을 테니까 생각나면 나한테 말해. 그럼 된 거 아냐?"

"정말…… 그 고집 언제 고칠래!"

결국, 답답함에 케이는 고함을 치고 말았다.

효율이 나오지 않는 이 무식한 방법.

2층에서도 수색하지 않은 곳이 없는데, 뭘 또 수색하겠냐는 답답함의 호통이었다.

"그래. 정 그렇게 말을 안 들을 거면 이렇게 하자."

"뭐."

케이는 클레어의 발밑에 어둠·원소 마법을 구현했다.

움직이지 못하도록 단순히 속박만 하는 용도지만, 속박의 위력이 꽤 강력했다.

"그걸 네 힘으로 풀면 나도 깔끔하게 포기하고 네가 하라는 대로 할게."

결국, 연인 사이에 마력이 개입하고 만 순간이다.

하지만 클레어는 입꼬리를 한쪽만 올렸다.

표정이 꼭 '바라던 바다.'라고 말하는 것만 같았다.

"내가 아는 케이는 약속은 잘 지켰지, 분명?"

"……."

"더 강하게 속박해 봐. 어떻게든 풀어 줄 테니까."

성과 없는 침묵의 시간은 평화로웠던 둘의 관계도 조금은 시끄럽게 만들었다.

"너라고 해도 안 봐줘."

케이도 깔끔하게 승패를 짓기 위해 그가 낼 수 있는 강한 속박 마법을 시전했다.

클레어의 몸만 가두는 게 아닌, 그녀의 주위에 있는 사물까지도 대상이 되는 속박 마법.

클레어의 몸에 걸린 속박을 푼다고 하더라도, 주위에 걸린 속박의 파편이 전염병처럼 퍼져 다시 클레어의 몸을 속박하는 마법이다.

즉, 풀려면 주변에 걸린 속박까지 전부 풀어야 하는 꽤 난이도 있는 마법이었다.

그렇게 케이가 복도의 벽까지 속박을 건 그 순간이었다.

"……뭐지, 이거?"

이상한 무언가가 느껴졌다.

"왜 그러는데?"

자신에게 공격적인 모습을 보였던 케이가 갑자기 수그러드는 것을 보고 이상함을 느낀 클레어.

케이의 그런 감정은 표정에 드러나진 않았지만, 눈빛만 보고도 아는 사람이 바로 클레어였다.

"뭔가 이질적인 게 느껴지는데……."

"이질적인 거?"

"클레어, 넌 안 느껴져?"

"무슨 소리야?"

"뭐지, 말로 설명할 수 없는 그런 묘한 기분인데……."

그러면서 케이는 도서관 벽 쪽으로 다가가며 손으로 더듬거리기 시작했다.

"분명히 이쯤이었단 말이야. 그런데 손으로 만져지는 건 없는데. 이상하네. 마법에만 반응하는 건가?"

'마법에 반응?'

그 순간, 클레어는 뭔가 발견한 기분이었다.

즉시 클레어도 빙결 마법으로 도서관 벽을 덮었지만, 애석하게도 그녀는 아무것도 느낄 수 없었다.

"뭐가 느껴진다는…… 어어?"

화르륵-!

대신 클레어는 벽에 그대로 몸이 빨려 들어갔다.

"클레어?"

케이만 2층 복도에 덩그러니 남으며, 클레어를 빨아들인 벽만 여전히 더듬거릴 뿐이었다.

쩌저저저적-!

화르륵!

쾅!

선술집 지하에선 폭음과 굉음이 뒤섞이며 고막을 괴롭혔다.

평온한 밑의 세계 선술집에서 이런 어울리지도 않은 소리가 나는 것은 다름 아닌 마법사들 때문이다.

그들은 그들만의 특훈을 한창 진행 중에 있었다.

니드와 바이스가 한 팀.

그리고 그 둘을 대적하는 마법사들은 에타르의 다섯 자식.

에버, 발라크, 퀼럼, 스파클, 나일론이다.

반격을 위한 준비를 다지기 위해 니드와 바이스가 한 팀이 되어 서로 맞서는 대련 방식이다.

외부적인 요인은 임펠과 루트가 담당하고 있으니, 남은 다섯 자식은 시간을 축내기 싫었다.

가만히 있어도 도움 될 건 없으니, 다섯 명이 한꺼번에 바이스에게 몰려가 특훈을 부탁한 것이다.

바이스도 그 부탁을 거절하지 않았다.

현재의 에드 가문의 다섯 마법사는 냉정하게 따지면 전력에 도움이 그다지 되지 않는다.

드라코 가문이 그들의 연결 고리였던 미하일과 노힐 가문을 스스로 정리하면서, 이제 남은 주적은 라믹, 미르네, 드라코 가문.

이 다섯 명의 마법사가 과연 그런 대표 원소 가문들을 상대로 동등한 모습을 보일까?

적어도 바이스는 아니라고 생각했다.

냉정하게 순수 실력으로만 따지자면, 에드 가문이 최약체인 것은 부정할 수 없는 사실이니까.

그래서 특훈을 진행하게 됐다.

반격의 서막이 오를 그때.

이 다섯 명의 마법사를 가용할 수 있는 병력으로 만드는 것.

마침 본교의 소식을 듣자 하니 제단도 활동이 멈춰 일말의 시간이 생긴 참이니, 이 고귀한 시간을 효율적으로 활용하기 위한 움직임이다.

전투력을 최대한 끌어올리는 것.

그것이 이 특훈의 목표다.

때마침 니드도 분교가 폐쇄되면서 선술집에 은거하게 되었고, 그런 다섯 에드 가문의 마법사를 훈련하는 일에 동참하게 됐다.

일부러 니드와 바이스가 팀을 이룬 건 상성의 차이를 극복하기 위한 훈련.

그들의 주적은 전부 어둠 원소사라서 상성이 뚜렷하다고 할 순 없지만.

그건 어디까지나 원소의 상성일 뿐이다.

역량의 상성은 분명히 존재하기 때문에 바이스와 니드를 넘어서는 것이 그들의 훈련 목표였다.

따라서 바이스도 니드와 팀을 이루며 오직 물 원소 마법만 구현했다.

그 때문에 선술집 지하는 전쟁터를 방불케 하는 초라한 모습이 되고 말았다.

여기저기 불타고 얼어 있는, 폐허 그 자체의 모습이다.

당연, 결과는 뻔했다.

다섯 명의 에드 가문 마법사는 결국, 그 둘을 넘지 못하고 진전 없는 대련만 계속할 뿐이었다.

"잠깐 쉬었다 하지."

한창 진행되던 대련을 바이스가 스스로 끊었다.

이미 오랜 시간 동안 쉬지도 않고 진행했기에 지하실에 모인 일곱 명 전부가 슬슬 지칠 시기가 다가왔음을 느꼈다.

"……진짜 짜증 나네. 왜 자꾸 저 인간 빙하에 먹히는 거야."

그 와중에 스파클이 투덜거리며 털썩 주저앉았다.

그녀가 말하는 '저 인간'이란, 니드였다.

가문도 없는 일개 평민 마법사인데 어떻게 자신이 벽을 느끼고 있냐는 불만의 목소리였다.

아무리 아군이라고 한들, 자신과 확연한 실력 차를 가진
니드.

그런 니드에게 억하심정을 느끼는 것도 스파클의 성격을
고려하자면 무리도 아니었다.

'난 어려서부터 가문에서 고급 교육을 받았는데, 왜 쟤보
다 약한 거야…….'

이런 무기력이 그녀를 감싸는 나날이었다.

"넌 그 성격이 문제라서 그럴걸."

니드가 툭 내뱉은 한마디에 스파클은 다시 발끈했다.

"뭐? 말 다 했어?"

"에휴…… 저것 봐, 저 성격. 저것만 고치면 참 괜찮은 마
법사가 될 거 같은데."

하지만 니드가 정말 그녀의 성격을 긁기 위해서 한 말이
아니다.

정말 마음에서 우러나는 조언이자 충고였다.

스파클은 그녀가 가진 특유의 불같은 성격 때문에 마법도
영향을 지대하게 받는다.

위력도 들쭉날쭉, 유지력도 들쭉날쭉.

소위 말하는 '주사위형 마법사'라는 말이 딱 맞았다.

주사위를 굴렸을 때, 1이 나온다면 형편없지만.

6이 나오면 생각도 못 한 잠재력을 뿜어내는 마법사.

니드도 그녀와 대련하면서 왜 주사위형 마법사가 되었는지 잘 알았다.

감정을 추스르지 못하는 그 성격.

그 뜻은 잡생각이 상당히 많다는 것이다.

걱정하지 않아도 될 걸 혼자 쓸데없이 걱정하며 집중력까지 흐트러져, 마법에도 영향을 받는 마법사.

그런 스파클이 계속 1의 모습만 보여 주고 있기에 답답함 마음에 한 충고였다.

"네가 뭔데 날 판단해!"

그런 의도를 알 리가 없는 스파클.

다시 불같은 성격이 나오고야 말았다.

"꼭 설명해 줘야 알아듣니? 내가 무슨 의도를 가지고 그런 말을 했는지는 생각해 보지도 않고?"

니드는 오히려 큰 목소리로 대응하기보단, 사람이 무안해질 정도의 나긋나긋한 목소리로 타이르듯 답했다.

"네가 깨닫는 게 가장 중요해. 마법의 본질이 뭔데? 누가 알려 준 걸 그대로 따라 하는 거야?"

"……."

"그 마법의 원리, 본질을 깨치는 게 먼저 아닌가? 가문도 있는 녀석이 왜 그걸 몰라?"

이상하게 오늘따라 비수처럼 꽂히는 니드의 말이었다.

그 여파로 스파클은 입을 꾹 닫았다.

받아들이고 싶진 않지만, 깊게 파고들면 틀린 말은 없는 것 같은 기분이었다.

"잘 생각해 봐, 내가 무슨 의도로 그런 말을 한 건지."

그렇게 니드는 잠시 물이라도 마실 겸, 지하실을 나서기 시작했다.

지하실 출입문 문턱을 밟은 그때.

그녀는 다시 등을 돌려 스파클을 바라보았다.

"그리고 내가 너보다 언니거든? 이건 확실히 하자? 자꾸 그렇게 까불면 나도 어떻게 나올지 모른다?"

유독 그 말에는 서늘함을 느꼈다.

'누가 빙결 마법사 아니랄까 봐…….'

그런 말은 속으로 삼키고 스파클은 뚱한 표정으로 니드만 노려봤다.

그렇게 니드가 나가자 바이스는 나일론에게 다가가 물었다.

"그 꼬맹이 어디 있어?"

"아, 하페르트요?"

"이름으로 부르지 말라니까."

"참, 그랬죠. 죄송합니다."

하페르트가 어엿한 조각사원이 되면 그때 이름으로 불러 주겠다고 임펠이 건 약속.

그 약속은 임펠만이 아닌 선술집의 일원 모두가 지키는 약속이었다.

"아무튼, 어디 있어?"

"구석 방 있죠? 웨이 포인트 있는 곳."

임펠이 이그니토란 이름으로 친위대 부대장 시절에 몰래 본교에 설치해 놓은 웨이 포인트와 연결된 방을 말하는 것이다.

"……거기 있어? 거기서 뭐 해?"

"뻔하죠. 늘 하던 거 연습 중이죠."

"진전은 있고?"

임펠이 외부 준비로 바쁜 탓에 자연스럽게 하페르트의 수업은 나일론에게 돌아갔다.

선술집에 있는 다섯 명의 에드 가문 마법사 중 가장 뛰어난 실력을 가진 게 나일론이었기 때문이다.

순수 서클로만 보자면 니드와 최소 동급, 어쩌면 한 단계 높은 실력을 가진 그이지만 이상하게 바이스와 팀을 이뤄 상성으로만 대할 땐 도무지 이길 수가 없었다.

바이스의 질문에, 나일론은 멋쩍은 웃음과 함께 고개를 저었다.

진전이 있을 리가 있냐는 뜻이다.

무려 탭 테이킹을 연습 중인데.

날고뛴다는 학생들도 최소 1년 이상 걸리며, 평균적인 학생은 3년.

정말 재능이라곤 개미 눈곱만큼도 없는 학생이 이가 갈리고 피가 쏟아지는 노력을 한 5년쯤 하면 겨우 도달할 수 있는 그 경지.

이제 고작 3개월 조금 더 지났다.

성과를 바라는 게 이기적인 수준이다.

"흠, 어떡하나. 결전은 다가오는 중인데."

"뭐…… 저도 모르겠습니다, 솔직히."

"안 그래도 그 꼬맹이 때문에 레지가 늘 시무룩하던데. 자기가 괜한 일을 벌인 거 아닌가 싶어서."

"꼭 전투 마법사로 써야 하나요? 무언가 맡을 수 있는 임무 하나가 있을 겁니다, 분명."

나일론도 이미 체념한 것이다.

결전의 날이 올 때, 하페르트는 일선에 함께 나설 수 없는 마법사라는 것을.

그렇기에 전투가 아닌 비전투 임무를 이미 생각하고 있었다.

"그래도 일단은 열심히 하니까 놔둬 보죠, 어르신."

"그래, 촉박하긴 하지만 시간은 아직 있으니까."

짝! 짝!

하페르트는 자신의 볼을 찰싹찰싹 때렸다.

"이게 도대체 왜 안 되는 걸까? 뭔가 노하우 같은 게 있는 건가?"

예비 조각사원인 하페르트.

여전히 자신에게 주어진 과제인 탭 테이킹 구사.

그것을 위해 이곳에서 혼자만의 수련이 한창이다.

이미 예전에 지하실을 뺏겼다.

니드, 바이스, 에드 가문의 마법사들의 대련 전용 장소로 쓰이기 시작했기 때문에 자신이 설 곳이 없었던 것이다.

하지만 이 방에는 작은 모닥불이 있었다.

본교와 연결된 웨이 포인트지만 아직 하페르트는 그 사실을 모른다.

마침 방에 지펴진 작은 모닥불.

그 모닥불을 자신의 마법에 합치기 위해 탭 테이킹을 혼자서 머리 굴려, 안간힘을 쓰며 다시 연습에 몰두하던 그때였다.

'음?'

이번엔 무언가 다른 기운을 느꼈다.

모닥불 속에서 느껴지는 마력.

혼자서 그렇게 연습했을 땐 느껴지지 않던 것이 바로 오늘 비로소 느껴지는 순간이었다.

'뭔가 다르다! 이게 탭 테이킹인가?'

말로서 형용할 수 없는 이 마력을 하페르트는 탭 테이킹을 성공하는 과정이라고 여겼다.

그도 그럴 것이 겪어 본 적이 없는 것이기에 어떤 느낌인지 아예 모르기 때문이다.

그렇게 하페르트는 더욱 모닥불에 집중하며 마력을 방출했다.

그리고 그 순간.

쫘자자자작-!

"……?"

모닥불에서 얼음 송곳이 샘솟았다.

"뭐…… 뭐야?"

자신은 불 원소사이고, 탭 테이킹을 시도 중인데 어째서 물 원소 마법이 나오는 것인가.

그것도 일반 물 원소 마법이 아닌, 물 원소의 상위 자원 빙결 마법이…….

하페르트가 멍하니 얼음 송곳이 솟은 모닥불을 바라본 그때.

짜자자작!

얼음 송곳은 갑자기 깨지며 사라졌고, 안에서 처음 보는 사람이 나타났다.

푸른빛 눈동자와 장발을 가진 아름다운 여성.

하페르트의 눈엔 그렇게 보였다.

꼭 어느 전설 속 여신의 강림과 비슷하게 다가왔다.

푸른빛을 가진 여성을 하페르트도 처음 본 건 아니다.

당장 선술집에서 함께 생활하는 니드도 있으니까.

그러나 모닥불에서 튀어나온 여성은 니드보다도 젊었다.

그런 탓일까.

하페르트의 눈에는 니드보다 훨씬 아름답게 보였다.

"……누구세요?"

하페르트가 겨우 입을 떼며 물었다.

클레어와 하페르트는 얼이 약간 빠진 상태로 서로를 바라보기만 했다.

그녀가 나타나자마자 하페르트가 누구냐고 물었지만, 경황이 없었던 탓일까.

클레어는 제대로 듣지 못하고 답도 하지 않았다.

그도 그럴 것이, 클레어는 본교 복도에서 갑자기 무언가에 빨려 들어가는 느낌이 들었고 정신 차리니 낯선 곳이 나타났다.

그리고 그곳에 있는 소년 한 명.

동화도 제대로 이루어지지 않은 마법사인 걸 단번에 알았다.

눈동자는 검은색에, 머리카락도 온전한 빨간색이 아니었다.

"……불 원소사?"

그제야 클레어가 입을 뗀 그 순간.

벌컥!

시선 정면에 있는 문이 큰 소리를 내며 열렸고, 사람들이 우르르 몰려왔다.

아니, 마법사들이었다.

동시에 하페르트와 클레어의 시선은 문으로 쏠렸다.

비좁은 문을 헤집고 나온 여덟 명의 마법사.

클레어는 그 속에서 상당히 친근한 색깔을 발견했다.

바로 자신과 똑같은 푸른빛으로 도배된 키가 큰 여성 마법사였다.

"……어?"

그녀를 봤을 때도 단번에 알 수 있었다.

자신과 똑같은 빙결 마법을 구사할 줄 아는 마법사라는 것을.

다만 차이가 있다면 그녀에게서 두려워서 몸이 움츠러들 정도의 마력이 느껴진다는 것이었다.

그리고 자신에게 다가온 한 남자.

검은색으로 도배되었으며, 똑같이 위협적인 마력을 뽐내는 마법사였다.

바로 에드 임펠.

하지만 상대의 정체를 모르는 클레어는 임펠이 다가오자

잔뜩 수축하며 빙결 마법으로 무장했다.

동물들의 세계로 따지자면 클레어는 토끼가 되었고 자신도 모르는 사이에 호랑이 굴에 들어온 것만 같은 불길함이 엄습했다.

"워, 워. 진정해. 너를 해치려는 사람들 아니니까."

임펠은 클레어가 빙결 마법으로 무장하는 것을 보자마자 다가오는 것을 멈추고, 그녀를 진정시켰다.

"임펠, 외부 일로 바쁘다면서 갑자기 뛰어온 이유가 이거 때문인가?"

바이스가 물었다.

클레어도 덩달아 바이스를 쳐다보고 생각에 잠겼다.

'평민으로 보이는데…… 저런 마법사랑 상당히 친해 보여. 그게 가능한가?'

이곳은 밑의 세계.

그렇기에 바이스는 평범한 선술집 주인 할아버지로 둔갑한 상태다.

그런 사정을 알 턱이 없는 클레어는 더욱 혼란스럽기만 했다.

"네, 어르신. 분명히 사용하지 않아 잠시 폐쇄한 웨이 포인트인데 갑자기 작동돼서 찾아와 봤죠."

'어르신……? 마법사가 왜 평민을 어르신이라고 불러?'

클레어는 말을 아끼며 상황을 지켜봤다.

이제 임펠은 클레어의 인상착의를 살폈다.

"라믹 분교 출신 본교 학생인 것 같은데. 몇 층에서, 어떻게 온 거지?"

"……."

어차피 본교에서 선술집으로 오는 웨이 포인트는 단 하나.

그렇기에 임펠이 설치했어도 정확히 몇 층에서 온 것인지는 알 수 없었다.

하지만 눈대중이란 게 있다.

임펠이 그녀를 눈으로 봤을 때의 수준을 슬쩍 입 밖으로 꺼냈다.

낚시의 미끼와 같은 용도였다.

"최소 3층 이상일 것 같은데."

"……아닌데."

3층 이상일 것 같다는 과대평가에 굳게 닫혔던 클레어의 입이 벌어졌다.

물 속 물고기가 미끼를 제대로 문 순간이다.

"아니라고? 그럼 몇 층에서 온 거지?"

이제 임펠은 자연스럽게 대화를 이었다.

"……2층."

"2층에 있을 수준으로는 안 보이는데……. 자, 이제 가장 중요한 것. 어떻게 그 웨이 포인트를 찾았지?"

"웨이 포인트라니…… 아."

'혹시 케이가 느껴진다던 그 이질적인 게 그거였나?'

"표정 보니까 뭔가 짚이는 게 있나 본데?"

클레어의 표정을 놓치지 않은 임펠이다.

별수 없이, 클레어는 웨이 포인트를 찾게 된 계기를 설명했다.

그러면서 자신이 2층의 학생인 클레어라고 소개도 했다.

비좁은 방에 모인 마법사들은 이어지는 클레어의 설명을 경청했다.

비밀스럽게 꼭꼭 숨겨 놓았던 웨이 포인트가 일개 학생에 의해 드러난 순간이니, 어떤 경로였는지 정확하게 알아야만 했다.

그렇게 클레어의 설명이 끝난 뒤, 이제 바이스가 나섰다.

"난 에밋 바이스라고 하네. 학생은 우리 가문을 모르겠지만…… 한때 건재했던 플레우드 가문이지."

"……플레우드?"

그리고 그때가 되어서야 비로소 클레어는 플레우드라는 처음 듣는 용어를 접했다.

전 대마법사 아르키스 에이머란 이름은 분교 교육 과정에서도 몇 번 들어 알고 있지만, 정작 그 대마법사가 어떤 원소사였는지 알려 준 적은 없으니까.

현시대의 학생들은 플레우드라는 용어 자체를 몰랐다.

"그게 뭔데요? 처음 듣는데."

"무리도 아니지. 플레우드가 멸종한 시대니까. 이렇게 일곱 가지 원소를 전부 다룰 수 있는 원소사를 뜻하지."

바이스는 설명하면서 일곱 가지 원소 구체를 띄웠다.

그러자 클레어의 눈동자는 비정상적으로 동그랗게 변했다.

살면서 어디에서도 들은 적도 본 적도 없는, 실로 전설 속에서나 나올 법한 일화가 눈앞에 펼쳐진 순간이었다.

"그럼…… 더블 캐스터……? 아니, 일곱 가지 원소를 다루니까 뭐라고 말해야 하는 거지? 헵타(Hepta) 캐스터?"

"그런 말은 없어. 플레우드는 원소사의 한 부류일 뿐이야. 플레우드는 모든 원소의 근간. 학생이 사용하는 물 원소도 플레우드에서 시작된 것이니, 플레우드 그 자체를 다룰 줄만 안다면 모든 원소를 다룰 수 있지."

"그런 거…… 들어 본 적도 없는데……."

아직 이곳이 제대로 적응되지 않은 클레어는 여전히 말끝을 흐리며 반말로 답했다.

"플레우드가 멸종한 이 시대에선 더블 캐스터는 원소 두 개를 다루든지, 원소 하나와 소환 마법을 다룰 수 있는 자들을 뜻하지. 하지만 본래 더블 캐스터는 소환 마법과 원소 마법을 동시에 다루는 마법사를 뜻했어. 플레우드는 원소 사이기에 원소밖에 못 다뤄. 그래서 더블 캐스터라고 부를 수 없지."

더블 캐스터의 본질적인 정의를 알게 된 클레어였다.

"자, 학생. 이제 내가 궁금한 걸 물어보도록 하지. 왜 본교에 제단을 조종하는 장치가 있을 거라고 생각한 거지?"

바이스가 가장 신경 쓰인 부분이 바로 그것이었다.

클레어에게서 레지가 겹쳐 보였다.

의심으로 끝나는 게 아닌 행동으로 옮겨 직접 찾는 것.

다른 사람도 아니고 본교에서 생활 중인 학생 중에 그런 사람이 나왔다는 것이 상당히 고무적으로 느껴졌다.

이에 클레어는 그 생각을 가지게 된 계기를 설명했다.

느닷없이 분교의 교수로 넘어온 세 명의 분교장들.

그리고 그들은 특정 학생, 그것도 더블 캐스터의 담당 교수가 되어 제단 경쟁에 개입해 학생을 도왔으며 그들이 맡았던 학생이 2층을 떠나자 3개월이 넘도록 제단이 열리지 않은 게 이상해서 찾기 시작했다는 생각을 전했을 때였다.

"제 아버지는 거기에서도 욕받이가 되셨군요. 일부러 그런 거겠죠?"

"그래도 실수했네. 타일런트 그 양반이 본래 실수를 모르고 사는 사람인데 꽤 조급했나 보군."

둘의 대화에 클레어는 다시 갸우뚱거렸다.

검은색으로 도배된 마법사인데 어떻게 에드 에타르를 아버지라고 부를 수 있으며 자신을 바이스라 소개한 저 할아버지는 타일런트를 무슨 옆집에 사는 친구 부르듯이 그 이름을 아무렇지도 않게 말하는 것이 이해가 가지 않았다.

바이스는 당연, 그 틈을 놓치지 않았다.

"자, 학생. 궁금한 게 상당히 많아 보이는데, 어쩔 텐가? 우리의 이야기를 들어 보지 않을 텐가? 학생이 찾는 진실이 있는 이야기인데."

'……저 말, 어디에서 많이 들어 본 말인데.'

그 순간 레지는 과거가 회상되었다.

'가주님…… 마음을 정하셨구나!'

그리고 제 발로 들어온 물고기를 도망가지 못하도록 완전히 포획할 생각이란 걸 단번에 깨달았다.

레지도 그렇게 이 조각사에 들어오게 되었으니까.

"……."

하지만 클레어는 결정을 내리지 못했다.

아무리 진실을 가지고 있는 자들이라지만, 믿음이 없기 때문이었다.

그러던 중 니드가 클레어의 손가락을 가리키며 물었다.

"그 반지, 뭐지? 약혼자라도 있어?"

"……아, 네."

동성의 같은 원소사가 질문했기 때문일까.

니드의 질문에 클레어의 입에서 즉각 답이 나왔다.

"본교를 졸업하면 그 약혼자랑 알콩달콩하며 살 생각이었겠지?"

"……."

대답은 생략하고 조용히 고개를 끄덕였다.

"알 만하네. 그 약혼자랑은 혹시 분교에서 만난 거야?"

"네."

"둘이 함께 본교로 간 이유도 알 것 같네. 그럼 더더욱 들어야 할걸. 너희 둘의 알콩달콩, 저세상에서나 할 수 있는 것들이니까."

"……그게 무슨 소리예요?"

케이와의 계획은 처음부터 꿈꾸지도 말았어야 할 것들이라는 말에 클레어의 평정심이 깨졌다.

오직 그 목표만을 위해 인생 전부를 바쳐 달려온 길이 잘못된 길이라고 하니, 허탈함을 이루 말할 수 없었다.

하지만 니드는 그 심정을 잘 안다.

그녀도 과거에 그랬으니까.

"네 마음 이해해. 그러니까 더욱 궁금하면 이분의 이야기를 들어 보라고. 평민인 나도 꿈이 있었고 그 꿈 전부가 박살났지만 이분과 함께하면서 다시 이룰 수 있게 되었으니까."

니드는 설명하면서 바이스의 어깨에 손을 올렸다.

꿈을 이룰 수 있게 해 주는 열쇠.

그게 바로 지금 눈앞에 있는 한때의 플레우드 가문 가주, 에밋 바이스라는 뜻이었다.

"선택은 강요 안 해. 알아서 현명하게 판단하도록."

그렇게 니드는 뒤숭숭한 말을 남긴 채 먼저 방에서 나갔다.

그리고 찾아온 침묵.

클레어는 깊은 고민에 빠졌다.

처음부터 이룰 수 없는 꿈을 향해 달려왔다니.

도대체 이들이 가지고 있는 진실이 무엇이기에 그런 건가?

그런 온갖 복잡한 생각이 끝난 뒤에 클레어는 바이스를 쳐다봤다.

"결정을 내린 모양이군."

"네. 그런데 부탁이 있어요."

"얼마든지."

"들을게요. 듣는데, 저 혼자 들을 순 없어요. 같이 들어야 할 사람이 있어요. 그 사람과 같이 듣게 해 주세요."

케이를 말하는 것이다.

어쩌면 본교의 마지막 관문 꼭대기엔 마법사들이 원하는 게 없을지도 모른단 말을 처음 입 밖으로 냈던 그녀의 약혼자.

케이의 추측이 맞아떨어지는 중이다.

그렇기에 더더욱 함께 들어야만 한다고 생각했다.

"그 사람은 당연히 학생의 약혼자겠지?"

"네."

"그럼 데리고 와야겠군. 단, 나도 조건이 있어."

"말씀하세요."

"네가 데리러 가면 안 돼. 우리가 데리고 오마. 이것까지 허락한다면, 우리의 조건은 그것으로 끝."

"……어떻게 데리고 와요, 본교에 있는데?"

하지만 클레어는 본교에 있는 그를 자신도 아닌 다른 사람이 데리고 오는 게 가능할까란 생각을 했다.

더군다나 직접 데리고 오겠다는 말은 그들 중 누군가가 웨이 포인트를 타고 직접 본교로 넘어가서 데리고 오겠다는 뜻인데, 낯선 사람이 어떻게 본교에서 활개 칠 수 있을까 하는 의문이 들었다.

'분명히 교수가 바로 알아차릴 텐데…….'

"허락하는지 아닌지만 답하게."

바이스는 대답을 재촉했다.

여전히 미심쩍은 부분이 많지만, '무슨 생각이 있으니 저러지 않을까?'라는 판단을 한 클레어는 조용히 고개를 끄덕였다.

"그럼 머리카락 좀 빌리지."

클레어의 답이 떨어진 순간.

그녀의 머리카락 몇 가닥이 스스로 뜯겨서 허공을 두둥실 날아, 바이스의 손에 안착했다.

'어떻게…… 한 거지? 아무것도 안 보였는데?'

분명히 마법을 사용한 것 같은데 정작 눈에 보인 것과 느껴진 것은 없었다.

"감쪽같지?"

클레어의 머리카락 몇 가닥을 자른 바이스가 능글맞게 말했다.

"……뭐 한 거예요?"

"뭐긴, 마법으로 자른 거지."

"아무것도 안 보였는데."

"당연하지. 플레우드니까. 플레우드는 본래 투명해서 보이지 않아."

"……."

처음으로 플레우드 마법을 본 순간이다.

본래 원소사의 마법은 원소라는 속성이 있어 눈에 훤히 보여야 정상이다.

그녀가 다루는 물 원소만 하더라도 물방울이 기본적으로 보여야 했으니까.

그런데 플레우드는 그런 게 없던 것이다.

신기하면서도 내심 부러운 원소사라고 생각했다.

"자, 그럼 준비를 해 볼까?"

의욕으로 가득한 목소리를 내는 바이스.

그는 그대로 머리카락을 가지고 방을 나갔다.

그리고 약 5분 뒤.

그는 니드와 함께 왔는데 손에는 정체를 알 수 없는 물약을 든 채였다.

"제가 할 일이 있다고요?"

들어오자마자 니드가 한 말이다.

"응. 자네밖에 못해. 마침 저 학생이랑 똑같은 색을 가진 사람이 우리 중에 자네밖에 없잖아."

"가주님도 원하면 파란색으로 둔갑할 수 있잖아요."

"성별이 다르잖아."

"아, 무슨 뜻인지 알겠네요."

영문은 갈피도 잡지 못하는 클레어와 다르게 니드는 곧장 알아차렸다.

바이스가 클레어의 머리카락을 의문에 물약 안에 넣자, 머리카락은 금세 녹아서 사라졌다.

'염산?'

그것이 물약인지도 모르는 클레어는 더더욱 의문투성이의 상황이 펼쳐졌다.

그런데 이어진 것은 더 이해할 수 없는 바이스와 니드의 행동.

바이스가 머리카락을 녹인 액체를 니드에게 건네는 것이었다.

"자, 시원하게 들이켜 볼까?"

니드는 아무런 의심도 없이 물약을 쭉 들이켜는 게 아닌가.

그리고 그 직후.

니드의 몸은 흉측하게 부글부글 끓기 시작했다.

"……이게 뭐예요? 뭘 먹인 거죠?"

깜짝 놀란 클레어는 뒷걸음질 치며, 손으로는 자신의 입을 틀어막기에 이르렀다.

"허허허, 반응이 귀엽기도 하지."

"……어?"

흉측하게 끓었던 니드의 몸.

그 이상 증세가 끝난 뒤, 클레어는 자신의 눈을 의심했다.

바로 자신과 똑같이 생긴…… 아니, 자신이 한 명 더 눈앞에 있었던 것이다.

"학생 머리카락을 사용한 이유는 학생의 모습으로 변하기 위해서야. 게다가 니드도 물 원소사. 외모는 물약으로 충분히 바꿀 수 있지만, 원소까지 따라 할 순 없지."

"그럼…… 직접 데리고 오시겠다는 말씀은?"

"그래, 니드가 침투해서 데리고 올 거야."

바이스는 답하며 시선을 니드에게 던졌다.

이제 니드가 말할 차례가 되었다.

"자, 동생? 네 약혼자의 인상착의 좀 말해 보실까?"

얼떨결에 니드는 케이의 인상착의를 설명하기 시작했다.

"포근하면서 잘생긴 어둠 원소사가 하나 있을 거예요, 저랑 똑같은 반지를 낀."

"……살다 살다 어둠 원소사가 포근하다는 신박한 개소리를 다 들어 보네."

순간 니드의 표정이 잔뜩 일그러지며 속에 있던 진심이 나왔다.

"어허! 학생이잖아! 드라코 가문과는 하등의 관련도 없는 학생이야."

바이스가 즉시 지적했다.

"……고정관념이 씌워진 거죠. 아무튼, 그럼 다녀옵니다."

니드는 이제 웨이 포인트에 몸을 밀어 넣으며, 본교로 떠났다.

그리고 좁은 방에는 클레어가 여전히 마법사들에게 둘러싸인 채로 남겨졌다.

침묵이 찾아오려는 기미가 보일 때, 니드가 조심스럽게 손을 들었다.

"왜? 뭐 궁금한 거 있어?"

"……네."

"말해 봐."

"왜…… 웨이 포인트가 저한테만 반응한 거예요? 케이도 같이 마법을 사용했는데 빨려 들어오지 않고……."

"그건 내가 설명해 줘야겠군."

이번에 임펠이 나섰다.

웨이 포인트를 설치한 게 자신이니, 그 질문의 답은 자신만이 낼 수 있다는 뜻이었다.

"본교에 설치한 웨이 포인트는 어둠 원소를 차단하도록 되어 있어. 왜냐, 그 웨이 포인트를 이용할 마법사 중 어둠 원소사는 없으니까."

"……이해가 안 되는데."

지금 당장 이것을 설명하는 본인이 어둠 원소이면서 이용할 마법사 중에 어둠 원소사가 없다니.

말의 앞뒤가 맞지 않아 클레어는 의아했다.

"아, 나? 내가 그걸 설치할 당시의 신분은 친위대 부대장이었는걸. 그러니 그 웨이 포인트는 이용할 리가 없지. 친위대 전용 웨이 포인트를 이용하면 그만이었으니까."

그 순간, 클레어의 눈이 휘둥그렇게 변했다.

설마 그가 그렇게 대단한 사람일 줄은 미처 몰랐다.

"차단해 놓은 원소는 어둠, 대지, 바람. 그 외의 원소는 반응한 거야. 근데 공교롭게도 물 원소, 그것도 빙결 마법을 사용하는 바람에 웨이 포인트가 반응한 거지. 그런데 조금 의아하네. 분명 가림막을 단단히 쳤는데 학생한테 발각될 줄은 꿈에도 몰랐어."

"설치한 지 오래돼서 보안이 느슨해진 거 아니야?"

바이스가 슬쩍 물었다.

"아마 그럴지도 모르겠습니다. 흠, 가능하면 점검하고 싶은데. 그건 힘들겠죠?"

"점검이라……"

바이스는 턱을 매만지며 고민했다.

시선은 클레어와 임펠을 번갈아 가면서다.

"한 가지 묘안이 떠오르긴 하는군."

그러더니 음흉한 미소와 함께 말했다.

"뭔데요?"

"지금 말하면 재미없지. 일단 저 학생 약혼자, 케이라는 학생이 오고 나서 결정하지."

"저도 기대되네요."

이제 좁은 방에 모인 마법사들은 새로운 조각사원을 맞을 준비를 했다.

케이가 복도에 홀로 남아 어리둥절한 표정으로 서 있었을 때다.

쩌저적─!

복도 벽에서 얼음 송곳 하나가 튀어나오더니 클레어가 다시 복도에 모습을 드러냈다.

"클레어!"

케이는 반갑고 걱정스러운 마음에 클레어에게 다가가 그녀의 양 어깨를 꽉 붙잡았다.

'이 학생이구나? 찾을 수고는 덜었네.'

클레어의 모습으로 변장한 니드.

그 짧은 순간에 케이의 손가락을 확인했고, 클레어와 같은 반지를 끼고 있는 것을 식별했다.

"어떻게 된 거야? 왜 갑자기 사라진 거고?"

"시끄러워. 목소리 낮춰."

니드는 협박하듯 강하게 말했다.

"……클레어?"

케이는 그런 클레어가 낯설 뿐이다.

누군가가 클레어의 모습으로 둔갑했을 거라곤 상상도 못 하는 중이니, 갑자기 강압적으로 변한 클레어가 낯설게 느껴 졌다.

단순히 강압적인 게 아니다.

말투가 완전히 다른 사람으로 바뀐 느낌이었다.

"같이 갈 곳이 있어. 내가 신기한 곳을 발견했거든."

이젠 명랑한 목소리.

'클레어가 이렇게 감정의 기복이 심한 적이 있었나……?'

분명히 생긴 건 클레어가 맞는데, 어딘가 이질감이 잔뜩 들었다.

여태 보인 적 없는 모습을 보이기도 한 것이 가장 컸다.

니드는 그런 케이의 반응을 아랑곳하지 않고, 케이의 손목 을 덥석 붙잡고 벽 앞에 섰다.

"자, 간다?"

"응?"

쩌저적-!

그리고 케이의 답이 떨어지기도 전에 웨이 포인트를 작동시켜 밑의 세계 선술집으로 향했다.

"······이게 무슨······."

케이는 도착한 곳을 보고 겁부터 먹었다.

여기가 어디인지는 중요하지 않으나, 비좁은 방에 마법사들로 꽉 차 있다는 점.

게다가 불 원소사가 상당히 많았다.

그리고 더욱 그를 놀라게 한 것은 클레어가 두 명이 있다는 것이었다.

"클레어가 두 명······."

"자, 어수선하겠지만, 정신 차리고. 이제 설명을 시작하지. 니드, 자네는 본래 모습으로 돌아와. 그래야 저 학생이 안 헷갈리겠어."

케이가 도착하자마자 바이스가 상황을 이끌었다.

"네."

니드는 짤막한 대답을 남기고 해독제를 들이켜 본래의 모습으로 돌아왔다.

"……."

케이는 그런 니드의 얼굴을 부담스러울 정도로 쳐다봤다.

어떻게 사람의 모습이 옷을 갈아입는 것처럼 이렇게 쉽게 바뀔 수 있는 건지 신기해서 쳐다본 것이었지만.

"왜? 네 여자 친구보다 훨씬 예뻐?"

니드는 그들의 긴장을 풀어 주기 위해 시답잖은 농담을 던졌다.

"그게 아니라……."

"왜 말을 더듬거려? 진짜인가 본데? 야, 네 남친 이렇게 쉬운 애였냐? 긴장 좀 하셔야겠는데? 이러다 나한테 뺏기겠어?"

이젠 클레어를 보고 한 말이다.

"……케이?"

클레어는 케이를 향해 어금니를 꽉 물었다.

"아니야! 아니야!"

"니드, 애들 그만 괴롭히고 빨리 이리 와."

"네."

그리고 니드는 바이스의 옆으로 가기 전, 클레어와 케이를 보며 물었다.

"긴장 좀 풀렸냐?"

그녀의 질문이 날아온 그 순간.

클레어와 케이의 표정은 동시에 '오잉?' 하는 표정이었다.

처음 여기에 와서 낯설어 잔뜩 경직되었지만, 잠깐의 해프닝이 지나가자 그것이 완전히 눈 녹듯 사라진 것이었다.

니드는 그렇게 바이스의 옆으로 다가갔다.

이제 바이스가 예전부터 해 온, 진실 된 역사 수업의 시작이다.

"그런데 그 전에. 시간이 조금 걸릴 거 같으니까, 우리도 가면 놀이는 해야지?"

바이스가 니드와 임펠을 보고 한 말이다.

"자네 둘이 수고 좀 해 줘야 할 것 같은데."

"네, 얼마든지요."

"레지."

"네! 가주님!"

"가서 물약 두 개 가져와."

"알겠습니다!"

레지는 그렇게 물약을 가지러 갔고.

바이스는 클레어에게 다시 양해를 구했다.

"머리카락 다시 좀 빌리지."

"아, 네."

이미 경험한 것이기에 클레어는 기꺼이 내주었다.

"머리카락……?"

하지만 케이는 모든 게 궁금했다.

"그냥 가만히 있으면 돼."

그렇게 케이와 클레어의 머리카락을 탄 물약이 완성되고, 임펠과 니드는 다시 물약을 들이켰다.

"본교에서 너희들의 모습이 갑자기 사라지면 교수가 의심할 거 아니야? 그러면 우리 웨이 포인트의 존재도 알게 되고. 그래서 너희가 자리를 비운 동안 눈속임을 하기 위해 잠시 너희 행세를 하기 위함이지."

그렇게 임펠과 니드가 웨이 포인트 앞에 섰을 때, 바이스가 말했다.

"끝나면 모브로 연락하지."

"네, 걱정 마시고 천천히 하시죠."

임펠과 니드는 그렇게 웨이 포인트로 몸을 밀어 넣었다.

그리고 시작된 본격적인 역사 수업.

시간은 300년 전부터 거슬러 올라가, 아르키스 에이머라는 대마법사가 왜 죽었는지.

꼭대기에 있는 타일런트의 목표가 무엇인지.

그리고 마법사 최종 목적지인 꼭대기엔 오직 검은 죽음밖에 없다는 것을 포함해 현재 본교에 침투한 환생한 아르키스 에이머에 대해서까지 전부 설명했을 때였다.

당연히 설명이 이어지는 내내, 케이와 클레어는 허탈한 표정을 지었지만, 부정하는 모습은 아니었다.

이미 충분히 의심하고 이상하다고 생각하던 본교의 바뀐

일상.

그 이유가 전부 있었고, 실체를 뒤늦게나마 이제야 마주한 것이었다.

"그런데…… 환생한 전 대마법사님이 본교에 계시다고요? 최근에 입학했고?"

케이가 설마 하며 물었다.

"맞아. 아 참. 그러고 보니 2층 학생들이라고 했었지? 그럼 그분을 뵌 적이 있을 텐데?"

"……누군데요?"

겁을 먹은 것같이 소극적으로 물었다.

"아르텔이란 이름으로 입학하셨지."

"예?"

그런데 그 순간 놀라는 것은 클레어와 케이가 아닌, 함께 방에 있었던 하페르트였다.

하페르트도 처음 알게 된 순간이다.

"걔가 전 대마법사 아르키스 에이머 님이라고요?"

그 말이 입에서 터져 나온 직후.

빠악-!

"끄억!"

돌멩이 같은 불 원소 구체가 하페르트의 이마를 강타해 그를 뒤로 쓰러트렸다.

"미쳤나, 이게. 감히 아르키스 님을 걔라고 불러? 여생 살 생각이 없어져서 그래?"

무례한 하페르트의 발언에 격분한 것은 다름 아닌 스파클이었다.

그녀는 공식적인—에드 가문 마법사 사이에서— 아르키스 에이머의 열렬한 팬이기에 그를 향한 조금의 무례한 발언도 결코 용납하지 않았다.

"어디 하늘 같은 분을 친구라고 생각해!"

당연히 사정을 알 리가 없는 하페르트는 어안이 벙벙할 뿐이다.

"어쩐지…… 이상하다 했어. 그런 괴물은 내가 본교 생활하면서 본 적이 없었다고. 그렇지? 케이?"

이제야 의문이 풀린 클레어와 케이.

아르텔을 처음 봤을 때 정말 이상하다고 생각했다.

본교란 곳 자체가 본래 각자의 분교에서 재능이 출중한 학생들이 모이는 곳.

그렇기에 특정한 학생이 유독 돋보이는 경우는 거의 없다고 봐야 했다.

백 명 중 출중한 재능을 가진 학생 한 명만이 존재한다면 그 학생에게 이목이 집중되는 게 당연하지만, 반대로 백 명 전부가 비슷한 재능을 가지고 있으면 도리어 그 백 명이 평범하게 변하니까.

그런데 아르텔은 그런 것 없이 혼자서만 너무 돋보였다.

그런 아르텔이 2층에서 보였던 그 사기적인 모습에 더는 의문을 품지 않았다.

오히려 존경심과 자부심까지 느꼈다.

만만하게 봤던 소년이 사실은 전 대마법사 아르키스 에이머였으며, 그런 사람과 함께 무언가를 할 수 있다는 사실에서 우러난 감정들이다.

"표정들을 보아하니 결정한 것 같군?"

바이스가 재촉하듯 물었다.

케이와 클레어는 사실 고민할 것도 없었다.

둘이 그린 둘만의 인생 최종 목표.

니드의 말대로 이 시대에서는 절대 이룰 수 없는 것들이니까.

드라코 타일런트라는 대마법사가 사라져야만 이룰 수 있는 것들이니, 그간 목표만을 위해 달려왔던 길이 한순간에 사라지는 중이다.

하지만 지금 눈앞에 있는.

자신을 에밋 바이스라고 소개한 이 사람과 뒤에 든든한 배경인 아르키스 에이머가 있다면, 분명히 이룰 수 있는 둘만의 소소한 행복의 목표다.

그렇기에 더더욱 이들과 함께하지 않을 이유가 없었다.

"그런데 저희가 뭘 할 수 있는 게 있을까요? 듣자 하니 싸우는 상대는 드라코 가문과 라믹, 미르네 가문이라면서요.

저희는 짐만 될 것 같은데."

케이가 물었다.

역시 본교 생활을 비교적 오래 거친 성숙한 마법사라 그런지, 실로 현실적인 문제를 지적했다.

"확실히 그렇지?"

바이스도 그것에 대해서는 부정하지 않았다.

"근데 꼭 같이 마법으로 싸워야만 아군이 되는 게 아니지. 전투가 아니더라도 도와줄 수 있는 부분은 많거든."

"그러니까 그게 뭔데요?"

"음, 마침 좋은 생각 하나가 떠오르는군."

바이스는 상당히 흡족한 표정을 보였다.

무슨 생각이 떠올랐는지, 케이와 클레어도 걱정 반, 기대 반의 상태가 되었다.

"본교 학생들도 슬슬 본교에 대해서 의문과 불만을 가지고 있다고 했지?"

확실히 확인하기 위해 되묻는 바이스.

둘은 고개를 끄덕였다.

"분탕질 좀 하면 되겠네."

"분탕질……?"

정확히 무엇을 뜻하는지 몰랐다.

"본교로 돌아가서 슬쩍슬쩍 헛소문을 흘리라는 뜻이야. 꼭대기엔 아무것도 없다. 꼭대기로 가면 죽는다. 이런 소문."

"하지만…… 그거 되게 중요한 사실 아닌가요?"

클레어와 케이는 당혹스러웠다.

자신들이야 직접 플레우드 마법을 사용하는 사람을 만났고 그런 사람이 하는 얘기이니 별다른 의심 없이 믿었지만, 과연 서로 경쟁하면서 살아왔던 본교의 학생들이 그런 소문하나에 단합이 되겠냐는 의문이었다.

게다가 교수도 있는데 사실을 함부로 떠벌리고 다니면 자신들의 안전도 걱정되기도 했다.

"그래서 헛소문이라고 한 거야. 진지하게 말하지 말고, 서로 대화할 때 '만약에…… 꼭대기로 가면 죽는 거 아니야?'라는 식으로 추측성으로 말하라는 뜻이지."

"아하……."

확실히 그거라면 소문은 금세 퍼져 2층에 있는 다른 학생들도 '정말 그런가……?'라는 호응을 보이겠지만…….

현실적인 문제가 남아 있었다.

바로 2층의 윕 교수.

그가 가만히 있을 것 같지도 않고, 솔직한 심정으로 두려웠다.

"그건 걱정하지 마. 이미 너희들의 가면 놀이를 위해 본교로 간 니드와 임펠이 있으니까. 그 둘이 옆에서 지켜 주면 되지 않겠어?"

"……네? 그게 가능해요?"

"가능하지. 교수가 너희들 기숙사에까지 들어가진 않잖아? 그럴 필요도, 관심도 없으니까."

그 말은 함께 기숙사에서 생활하라는 뜻인데 그런 비밀스러운 생활이 얼마나 가능할지도 의문이었다.

"잠깐 기다려."

바이스는 다시 어디론가 사라지고, 얼마 지나지 않아서 돌아왔다.

그는 제법 많은 양의 물약을 품에 가득 안고 찾았다.

그중에서 고급 향수처럼 보이는 물약을 꺼내며 강조했다.

"이걸 사물에 뿌리면 일정 시간 동안 투명한 상태가 돼. 눈에 보이지 않는다는 뜻이야. 너희가 본교로 넘어갈 때, 이 물약을 사용한다. 그리고 본교에 있는 니드와 임펠과 접촉하고, 각자 기숙사로 데리고 간다. 끝. 어때? 간단하지?"

"……사물에 뿌리는 건데 저희가 어떻게 투명한 상태가 되죠? 저흰 사물이 아닌데."

케이의 질문이다.

"멍청하긴. 몸 전체를 덮을 수 있는 이불 같은 것에 뿌리고 뒤집어쓰면 되잖아."

"아."

물약이라곤 플레우드 마법과 마찬가지로 접하지도 않았던 클레어와 케이.

그렇기에 활용법을 제대로 알 리가 없었다.

바이스는 물약들을 전부 클레어와 케이에게 건네주고, 레지는 몸을 감쌀 수 있는 이불 두 개를 들고 왔다.

　바이스는 그 이불에 투명 물약을 뿌리고, 클레어와 케이에게 건넸다.

　한순간에 투명하게 변한 이불을 보며 둘은 감탄을 금치 못하는 눈빛이었다.

　바이스는 그 짧은 순간에 모브로 슬쩍 본교에 있는 니드와 임펠에게 연락을 보냈다.

　방금 클레어와 케이에게 설명한 즉흥적인 계획을 전했다.

　그곳에 은거하면서 두 학생의 안전을 책임지라는 명령이기도 했다.

　-음, 그래요. 딱히 내키진 않지만.

　니드의 답이다. 싫다는 건 아니니 어쨌든 수락한 셈이다.

　-저도 괜찮습니다.

　임펠은 흔쾌히 수락했다.

　"자, 본교에서 가면 놀이 중인 든든한 선배들은 수락했으니. 이제 너희들만 넘어가면 돼."

　준비는 일사천리로 끝났다.

그 둘이 수락했다는 사실에 마음이 놓였지만, 클레어는 여전히 하나의 의문이 떠나지 않았다.

이제 이불을 뒤집어쓰고, 본교로 가기만 하면 되는 시점이지만, 이것만큼은 확실히 알고 싶었다.

"바이스 가주님."

"왜? 더 궁금한 거 있어?"

"네."

"말해."

"저희가 가서 분탕질을 하는 게…… 정말 의미가 있는 일일까요?"

정말 궁금해서 묻는 것이다.

클레어와 케이에게 이것은 그저 어린아이들의 시시콜콜한 장난으로밖에 보이지 않으니까.

드라코 타일런트란 거대한 벽을 무너뜨리는 데 아무런 도움도 되지 않는다고 생각했다.

"나비효과란 말이 있잖아? 너희 둘의 분탕질은 나비의 날갯짓이지."

그 날갯짓이 어떤 변화를 가져올지는 자신도 예상할 수 없다는 뜻이다.

"하지만 가장 중요한 건 우린 의미 없는 짓을 시키지도, 하지도 않는다는 거야. 그것만 기억해."

견고한 철옹성 같았던 본교.

그곳의 구성원인 학생들에게 분열이 생긴 시점이다.

실제로 그 분열 속에서 돌연변이—본교 입장에서—가 나타났고, 그 둘이 바이스 앞으로 당도했다.

바이스가 지시한 분탕질.

그는 분열의 틈을 더욱 크게 벌릴 생각이다.

지금이야 손가락이 겨우 들어갈 정도로 작은 분열이지만, 점차 크기가 커지면 어떻게 될 것인가.

클레어, 케이와 같은 돌연변이들이 더 나올 것이다.

욕심이 가미된 소망을 슬쩍 말하자면, 2층 학생들 전부가 그런 돌연변이가 될지도 모르는 일이다.

반격을 시작할 때.

2층의 돌연변이들이 봉기를 일으켜 주고, 시선을 분산시켜 줄 수만 있다면 그것만으로도 반격의 힘은 강력해진다.

따라서 절대 의미 없는 일이 아니며, 오히려 기대를 가질 일이다.

"그러니까 다른 건 생각하지 말고 너희 둘은 분탕질에만 신경을 써."

"……알겠습니다."

이제 클레어는 확고한 의지의 눈빛을 보였다.

"언니랑 형 말 잘 듣고. 너희랑 같이 생활하면서 소소한 도움들도 많이 줄 거야. 마침 원소도 같으니까."

각자의 기숙사에 몰래 은거할 것이니, 마법적인 도움도 받으란 뜻이다.

"그건 좋네요. 그럼, 가 보겠습니다."

클레어가 답하며 둘은 그렇게 본교로 돌아갔다.

바이스는 둘이 타고 사라진 웨이 포인트를 팔짱을 낀 채로 바라보며 너털웃음을 지었다.

"신기하지 않아?"

누군가를 향해 말한 게 아니다.

굳이 따지자면 현재 이 방에 있는 전원을 향해 말하는 중이다.

"기대도 하지 않은 곳에서 이런 행운이 다 굴러들어 오고. 하여간 인생은 오래 살고 봐야 하는 법이라니까. 허허허허."

너털웃음은 끊이지 않았다.

✿

그렇게 3개월의 시간이 다시 흐른 본교의 꼭대기.

드라코 셔먼은 비장한 자세와 표정으로 타일런트 앞에 섰다.

타일런트도 이젠 체념한 표정을 지었다.

"말씀하신 3개월이 또 지났습니다. 그간…… 제단은 한 번도 열리지 않았고요. 2층에 있는 웝의 보고입니다. 학생들이 이상한 추측을 한다더군요."

"무슨 추측?"

"모든 것이 있다는 꼭대기. 어쩌면 거기엔 아무것도 없으며, 오히려 죽는 게 아니냐는 소문이 돌고 있답니다."

클레어와 케이가 담당한 분탕질은 처음엔 효과가 미미했지만, 점차 시간이 지나면서 효과가 나타나는 중이었다.

"왜 그런 생각을 하게 된 건지 신기하군. 역시, 본교 학생의 수준이다, 이건가."

하지만 타일런트는 특별한 의심을 하지 않았다.

6층도 아니고 2층에서 그런 소문이 도는 걸 굳이 신경 쓸 이유도 없기 때문이다.

"4층은…… 어떻게 하실 겁니까?"

셔먼도 현 시점에서 가장 시급한 문제를 거론했다.

성배는 이미 6개월 전에 완성되었다.

그런데 사용하지 못해 썩히고 있는 상태니 빨리 사용할 재료들을 선별하자는 의견이다.

"6개월을 지켜봤는데 미동도 없다면…… 이제 제단은 더는 열리지 않는다고 봐야지."

실제로 봉인석의 검은색 비율은 이제 96%.

6개월 사이에 1%가 오른, 상당히 빠른 속도다.

철문 안에 갇힌 사일러드의 상태가 오늘내일하는 중이라는 것도 이젠 말하기 귀찮을 정도다.

"그래, 결단을 내려야지."

그렇게 타일런트는 4층에 있는 교수, 베인에게 연락했다.

─네, 보름달이시여.

"여섯 명의 더블 캐스터 상대로 테스트를 진행하라. 테스트 방식은……."

그가 지켜보면서 생각했던 선별 방법을 베인에게 전했다.

어울리지 않게 조용했던 4층에서의 6개월.

제단은 내가 정원에서 그리핀을 처리한 뒤로 다신 열리지 않았으며, 무료한 일상을 벌써 6개월이나 보냈을 때의 일이었다.

─더블 캐스터 전원, 교실로 집합.

그런데 오늘은 무료함이 깨지는 날로 보였다.

베인이 모브로 더블 캐스터만 콕 집어서 집합시킨 것이다.

"그래, 타일런트. 과연 무슨 수를 들고 왔는지 구경이나 하자."

이젠 기대가 될 지경이다.

그렇게 교실로 향했다.

교실에 모인 여섯 명의 더블 캐스터.

그러나 대열은 둘과 넷으로 갈렸다.

그도 그럴 것이, 팀별로 섰기 때문에 그렇다.

교실에 모인 학생들의 반응은 하나같이 다 똑같았다.

왜 갑자기 베인이 불렀나 하는 걱정보다는 오히려 기대감이 은근히 돋보였다.

분명히 이런 생각 때문일 것이다.

이미 제단이 열리지 않은 시기가 6개월이 넘었다.

4층의 학생들도 지겹도록 강조한 것이, 이렇게 극심한 가뭄이 찾아오듯 장기간 제단이 열리지 않은 적은 처음이란 것이다.

비단 4층에서만 그런 게 아닌, 그들이 1층에서부터 차근차근 단계를 밟아 4층까지 도달하는 과정에도 이런 적은 없었다는 게 요점이었다.

기존엔 제단을 닫은 포인트를 얻어야만 졸업을 할 수 있었다.

그런데 졸업 수단이 아예 막혀 버렸으니, 새롭게 조정하는 게 아닌가 하는 기대들이었다.

그건 나도 동감이다.

왜냐, 타일런트의 현 상황을 아주 잘 알고 있는 나니까.

타일런트도 우리가 조속히 위로 올라와야 하는데 제단이란 이변 때문에 이러지도 저러지도 못하는 상황에 놓였다.

그 증거로 이 교실에 모인 사람은 딱 여섯 명.

공통점은 전부 더블 캐스터라는 점이다.

그리고 동시에 타일런트의 재료가 될 후보들이기도 하니 4층에 계속 머물게 할 수 없는 노릇이었다.

드디어 교수 베인이 모습을 드러냈다.

"자, 너희를 갑자기 모은 건 다른 게 아니다. 졸업 관련 때문이지."

그녀의 입에서 졸업이란 단어가 나왔을 때 유독 쿠로와 테슬라는 싱그러운 표정을 지었다.

딱 기대한 것에 알맞은 주제가 나왔다는 증거다.

"졸업 기준이 바뀌었다. 오늘부터 너희는 나에게 테스트를 받는다."

결국, 타일런트는 더는 기다릴 수 없다는 판단을 내린 모양이다.

그렇다면 다음 이어질 말은 당연하게도, 타일런트가 새롭게 고안한 졸업 방법일 것이다.

나도 기대하며 베인의 말에 경청했다.

"테스트 일시는 자유. 너희가 준비만 되었다면 언제든 내게 신청하고 보면 된다. 그리고 테스트 방법은."

자, 타일런트.

네가 6개월 동안 생각해서 내린 결론이 뭐냐?

"둠 리포졸을 팀의 구성원 숫자만큼 시간으로 환산해 지속하면 된다."

……둠 리포졸?

기대한 것치고는 거창한 테스트 방법이 아니다.

게다가 팀의 구성원 숫자만큼이란 게 상당히 걸렸다.

이게 무슨 판별력이 있을까 의문스러웠던 그때.

베인은 설명을 이었다.

"이해가 쉽게 쿠로와 테슬라 팀으로 예를 들지. 너희들 구성원은 두 명. 따라서 팀 평균 시간으로 2시간만 지속에 성공하면 돼. 그런데 쿠로 너는 2시간 지속에 성공했는데 반대로 테슬라가 1시간밖에 못 했다면 팀 평균 지속 시간은 어떻게 되는 거지?"

이제야 무슨 의도인지 알았다.

2와 1을 더하면 3.

그리고 팀의 구성원 숫자만큼 나누란 뜻이다.

따라서 그렇게 된다면 쿠로와 테슬라 팀의 평균 지속 시간은 1시간 30분밖에 되지 않는다.

팀의 구성원 숫자를 시간으로 환산해, 그만큼 지속해야 하니 쿠로와 테슬라는 팀 평균 지속 시간인 2시간에 못 미친다.

따라서 테스트에 합격할 수 없게 된다.

"반대로 아르텔 팀은 구성원이 무려 네 명. 따라서 팀 평균 지속 시간은 4시간이지."

이건 팀 구성원이 많으면 많을수록 불리한 조건이다.

하지만 내가 일반 학생이었다면 엄두가 안 나겠지만, 나에게는 더할 나위 없이 쉬운 테스트였다.

밴시, 헤이, 키에나.

이 셋이 1시간도 못 채웠다고 한들, 나 혼자 16시간 이상 지속에 성공하면 팀 평균 지속 시간이 넘어 버리니 그대로 합격할 수 있으니까.

'기대한 것치고는…… 너무 시시한 테스트인데. 왜 타일런트가 이런 조치를?'

두뇌가 그렇게 명석한 놈인데 이런 유치한 테스트를 준비한 의도를 한번 헤아려 봤다.

'혹시 아직 분류 작업이 안 끝난 건가?'

짚이는 건 그것밖에 없었다.

그렇다는 뜻은.

정확히 누가 재료가 될 것인지 결정하지 못하고, 일단 더블 캐스터 전원을 위로 올려 보낸 뒤에 확실히 결정하겠다는 생각으로 보였다.

'일단 4층은 이렇게 넘겨야겠군.'

4층의 탈출이 눈앞까지 왔다.

타일런트의 정확한 생각을 모르니 더더욱 섣불리 행동할

수도 없었다.

따라서 지금은 테스트를 군말 않고 진행하는 쪽이 옳다고
판단했다.

"그럼 준비된 팀은 언제든 나를 부르도록."

베인은 그 말만 남기고 교실에서 떠났다.

그 뒤로 쿠로와 테슬라는 서로 무언가를 상의하더니 모브
를 형상화했다.

두 학생이 둠 리포졸을 배운 시기도 6개월을 훌쩍 넘겼다.

따라서 2시간쯤은 거뜬하게 구현할 수 있다는 자신감이
있는 모양새였다.

난 나의 팀원인 헤이, 키에나, 밴시에게 제안했다.

"우리도 바로 테스트 보자."

"4시간은…… 아직 성공 못한 시간인데."

헤이가 답했다.

사실 그뿐만 아니라 키에나나 밴시도 내가 알기론 4시간
이나 구현한 적은 없었다.

특히 우리 중 가장 지속 시간이 짧은 사람은 밴시.

6개월이란 비교적 긴 연습 시간이 있었는데도 불구하고 2
시간을 겨우 채우는 수준이었다.

"괜찮아. 내가 있잖아."

반면에 난 1층에서부터 계속 둠 리포졸을 구현한 상태로
놔둔 이력이 있다.

24시간도 우스운 수준.

따라서 이 테스트에서 불합격할 리는 결단코 없다.

"확실히 아르텔 네가 있으면 쉬운 시험이긴 한데……."

"그렇게 통과해서 다음 층으로 향하면 뭐가 좋은데? 우리가 수준에 못 미치는 건 변하지 않는 사실인데."

키에나가 헤이의 말을 끊으며 선수를 쳤다.

표정은 늘 그렇듯 나와 함께 있는 순간만큼은 차갑고 냉철했다.

그리고 꼭 테스트를 보기 싫다고 말하는 것 같았다.

"그럼 계속 4층에 있어? 통과할 수 있을 때 통과해야 하는 거 아냐?"

지난 6개월 동안 나도 키에나에게 지쳤다.

왜 내게 유독 그런 부정적인 모습을 보이는 건지, 짚이는 건 있지만 확실한 이유는 모르기에 답답해서였다.

더군다나 에드 분교 3클래스에서 본 일도 있기에 평소에 나도 거리를 조금 두며 관찰하던 입장이었는데, 본교에 오고 나선 점점 더 그 정도가 심해져 슬슬 인내심이 한계에 다다르던 시점이었다.

그렇다 보니 지난 6개월 간 더불어, 키에나와 서먹해졌다.

"미안한데, 난 4층에 있을 생각 없는데. 마침 4층 테스트는 우리가 충분히 통과할 수 있는 수준이고, 이걸 기회로 생각해야 하는 거 아닌가? 언제까지 4층에 있을 건데. 일단 올라가고 나서 생각해야지."

"……."

마땅히 떠오르는 반박은 없었는지, 그저 나를 쳐다보기만
할 뿐, 별다른 말은 나오지 않았다.

"다들 키에나랑 같은 생각인가? 이렇게 통과하는 건 의미
가 없다고 생각해?"

내가 강요하듯 물었다.

하지만 헤이와 밴시는 고개를 절레절레 저었다.

"키에나 너만 그렇게 생각하는데? 너 하나 때문에 나머지
셋이 피해를 보는 건 조금 그렇지 않나?"

"너 좋을 대로 하든가."

결국, 못 이기는 척 그녀는 테스트를 응시하기로 했다.

사실 이 대답을 들을 때도 찜찜하기 그지없었다.

이건 꼭, 상대하기 귀찮아서 말을 아낀 느낌이었으니까.

그래도 원하는 바는 얻었으니 나도 모브를 형상화하고, 베
인을 호출했다.

"의외네. 이렇게 바로 부를 줄은 몰랐는데."

베인이 다시 교실로 돌아온 건 그리 긴 시간이 걸리지 않
았다.

그리고 우리를 정렬시키곤, 본격적인 테스트를 시작했다.

"테스트 방식은 아까 설명했으니 다시 말할 필요 없고, 그럼 바로 시작해."

그 말과 동시에 그녀는 자신의 어둠 원소로 작은 시계 여섯 개를 만들었다.

숫자는 물론, 시침과 분침, 초침까지.

전부 새까만 시계다.

베인이 만든 시계는 허공을 천천히 헤엄치듯 떠다니더니, 학생들 머리 위에 둥근 보름달처럼 떴다.

학생들은 베인의 의도를 모르니 당연 그 시계를 경계하며 쳐다봤을 때, 베인이 말했다.

"경계하지 마. 너희들의 지속 시간을 기록하기 위한 시계일 뿐이니까. 뭐 해? 얼른 시작하라니까?"

그녀의 재촉에 먼저 둠 리포졸을 꺼낸 것은 쿠로와 테슬라.

그 둘이 자신의 둠 리포졸을 구현함과 동시에 그들의 머리 위에 있는 베인의 시계가 움직였다.

'기록한다는 게 저런 의미구나.'

초침이 서서히 돌기 시작한 것이다.

그렇다는 것은 반대로 둠 리포졸이 꺼지는 순간 시계도 멈춘다는 뜻이다.

여섯 명이나 되는 인원을 일일이 눈으로만 보고 파악할 수 없으니, 그녀의 마법을 이용해 기록하는 용도였다.

이번엔 내가 둠 리포졸을 꺼내자 밴시, 키에나, 헤이도 나를 따라서 둠 리포졸을 꺼냈다.

동시에 우리 머리 위에 있던 시계가 천천히 달리기 시작했다.

그렇게 2시간이 딱 지났을 때다.

"저흰 끝났죠?"

테슬라가 기대 가득한 목소리로 베인에게 소리쳤다.

쿠로와 테슬라는 둘 다 2시간을 깔끔하게 채웠다.

따라서 이견이 없는 테스트 합격이다.

"좋네, 좋아. 너희 둘은 뒤로 빠지도록."

합격한 둘을 바로 다음 층으로 보내는 게 아닌, 전체 결과를 보고 난 뒤에 보낼 생각인 것 같았다.

그리고 쿠로와 테슬라가 둠 리포졸을 거두고, 뒤로 빠진 그 순간.

"……하아."

밴시의 외마디 한숨과 함께 그녀의 머리 위에 있던 시계가 멈췄다.

2시간이 막 넘어가는 그 찰나, 결국 집중력이 깨지면서 둠 리포졸이 완전히 무너진 것이다.

"2시간? 이러면 나머지가 고생 좀 하겠네?"

베인은 비꼬는 말투였다.

밴시는 내 눈치를 슬쩍 봤다.

나는 눈빛에 담긴 의미를 제대로 파악할 수 있었다.

'이것밖에 안 돼서 죄송합니다.'라고 말하는 것을.

그래도 괜찮다. 여기 교실에 모인 여섯 명 중 제일 재능이 떨어지는 것은 사실이다.

아무리 플레우드라고 한들, 기본적인 에밋 가문의 한계가 있기에 본교 학생들과 비교하면 재능이 현저하게 떨어지는 것이다.

그런데 지금 교실에 모인 학생들이 평범한 본교 학생들인가?

무려 더블 캐스터이다.

순수 서클로만 보자면, 어쩌면 밴시보다도 한두 수쯤은 우위를 점하고 있을 학생들이란 뜻이다.

그런 강자들 사이에서 묵묵히 제 역할은 다한 것이니 난 아쉬운 마음이 들지 않았다.

그래서 나도 눈빛으로 내 생각을 흘려보냈다.

'괜찮다. 나머진 나한테 맡겨라.'

물론, 그것이 잘 전달되었을지는 미지수지만.

"밴시 학생도 뒤로 빠져."

밴시는 이제 아웃.

남은 시간은 나와 키에나, 헤이.

이렇게 세 명이 전부 채워야 한다.

헤이와 키에나의 상태를 보기 위해 고개를 슬쩍 옆으로 돌렸을 때다.

'이상하다……?'

둘의 표정이 너무나 온화했다.

둠 리포졸을 2시간이나 넘긴 시점이면 슬슬 무리가 올 때다.

그런데 그런 불편함이 하나 느껴지지 않는 표정들이다.

그렇게 시간은 다시 천천히 흘러 어느덧 4시간째가 되었을 때다.

"더는 못하겠다!"

헤이가 소리치자마자 그의 머리 위에 있던 시계가 멈췄고.

"…….."

키에나의 시계도 덩달아 조용히 멈췄다.

분명히 헤이는 성공한 적이 없던 시간이라고 했는데, 갑자기 오늘이 되어서 성공한 것이다.

'그게…… 가능한가? 한순간에?'

"호오, 4시간? 기대 이상인데?"

그리고 상당히 흡족해하는 베인의 목소리가 뒤를 이었다.

개수작

왜 유독 흡족한 목소리를 낸 것인가.

난 이제 베인의 말투에 집중했다.

그렇다는 뜻은 단 하나.

분류 작업은 이 테스트에도 진행되고 있다는 뜻이다.

'분명 에타르가 현 시대의 둠 리포졸은 마법사가 가진 마나양을 가늠하는 용도의 마법이라고 했지.'

모두가 더블 캐스터라는 같은 조건 속에서 유독 좋은 모습을 보여 준 사람은 키에나와 헤이.

쿠로와 테슬라는 2시간이 되자마자 둠 리포졸 유지를 중단했다.

물론 더 할 수 있었는지, 없었는지는 본인이 알겠지만, 베인의 눈으로 직접 본 것은 어쨌건 2시간이 끝이다.

따라서 현재까지 보여 준 모습으로만 놓고 보자면 헤이와 키에나가 재료 확정이 더 가깝다는 뜻이 된다.

이제 난 내 상황에 집중했다.

밴시는 1시간.

키에나와 헤이는 4시간.

도합 9시간.

팀 평균 시간인 4시간을 채우기 위해선 내가 7시간을 지속해야 한다.

이미 4시간 지났으니, 3시간만 더 하면 된다.

그다지 어렵지도 않은 테스트다.

순수 난이도로만 비유하자면 에드 분교 0클래스 때 치른 원소를 찾기만 하면 합격인 시험과 똑같다고 보면 됐다.

그렇게 나머지 3시간까지 아무런 이변 없이 지나자 내 머리 위에 있던 베인의 시계가 멈춘 것이 아니라 아예 사라졌다.

"더 볼 것도 없네. 아르텔 팀도 이렇게 합격인가?"

더 할 수 있어도 별로 보고 싶지도 않으니 어서 다음 층으로 향하자는 의도로 보였다.

"기다려 봐."

베인은 우리에게 대기 명령을 내리고, 자신이 가진 모브를 조작했다.

누군가에게 메시지를 보내는 중이었다.

그렇게 또 5분 정도 흐른 뒤, 베인이 말했다.

"각자 짐 챙겨서 강당으로."

정말인지 유독 짤막하게 느껴진 명령이다.

"셔먼."

"예, 보름달이시여."

"4층에서 보고가 왔더군. 테스트는 전원 합격."

4층에서 나온 결과에 따라 꼭대기에도 작은 회의가 열렸다.

그리고 꼭대기엔 하나의 변화가 찾아왔다.

기존엔 하늘로 높이 솟은 철문과 연결된 봉인석이 전부였던 꼭대기.

그런 황량한 곳에 사람 몸체와 비슷한 크기의 검은색의 술잔 네 개가 놓여 있었다.

그것이 그들이 말하는 성배.

성배 안에는 표면과 똑같이 검은 물이 가득했다.

드라코 가문에서 따로 가지고 있던 약초를 성배로 제조하고, 최종 단계에 이르러선 타일런트의 마법을 덧입혀 색이 저렇게 변한 것이다.

타일런트가 성배 속 약물에 입힌 마법이 바로 드레인 스펠이다.

통칭, '멸종해야 할 마법'.

비인도적인 방식에 고대의 마법사들이 경악하며 금기가 된 마법이다.

성배를 완성하는 마지막 단계.

바로 재료로 찜한 학생을 안에 가두는 것.

실로 간단한 방법이다.

타일런트의 드레인 스펠이 잔뜩 입혀진 성배 안에 갇힌 학생의 몸과 영혼은 서서히 검은 물에 녹아든다.

그렇게 학생의 존재는 얼마 지나지 않아 말끔히 사라진다.

존재한 것조차 부정하는 것처럼.

그리고 성배 속에 남는 것은 학생이 가지고 있던 마력뿐이다.

본래 드레인 스펠의 효과는 마법사의 영혼을 강제로 빼내지정한 사물에 가두는 것이 전부지만, 기존에 하페르트 가문으로부터 공수받은 약초로 인해 영혼까지 소멸시키고 마력만 고스란히 남게 되는 것이었다.

그것이 성배의 완성.

그럼 타일런트가 그 성배를 마시면 학생이 가졌던 마력 전부를 흡수하게 된다.

바로 이것이 여태까지 꼭대기에 스스로 노력하여 도달했던 학생들이 맞았던 최후의 실체다.

현재 꼭대기에 있는 네 개의 성배가 타일런트 인생에 있어서 마지막으로 들이켤 성배이자 곧 축배가 될 예정이었다.

"그런데…… 재료는 확정 못 하시지 않았습니까?"

셔먼이 조심스럽게 물었다.

성배까지 꼭대기로 무사히 조달했는데, 정작 안에 누가 들어가느냐의 문제가 남아 있었다.

"아르텔은 이견 없는 확정인데, 나머지가 애매하지."

"때는 다가오는데 준비가 완전히 끝나지 않은 상태니, 저도 불안하군요."

"그래서 너한테 말하는 중이잖아."

"예?"

셔먼은 그의 의도를 제대로 몰랐다.

"해당 학생들은 6층으로 갈 거다."

"그 말씀은……?"

"셔먼, 너의 눈을 빌릴 때라는 거지. 6층의 교수가 되어 학생들 수업을 진행하면서 선별하라는 뜻이야. 어차피 6층은 바로 이 밑의 층. 네가 데리고 오는 편이 훨씬 좋을 거 같군. 어차피 마지막이니까."

타일런트는 유독 마지막이란 단어를 힘주어 발음했다.

그만큼 고대하던 순간이란 기대감이 잔뜩 서린 것이다.

"하지만 보름달이시여…… 저는 최후의 순간에 해야 할 일이 있지 않습니까?"

타일런트가 봉인석을 흡수할 때, 셔먼은 그를 위해 따로 해야 할 일이 있었다.

이는 아주 오래전부터 계획된 것이기에 지금에 와서 수정할 수 없다는 것을 타일런트도 모르지 않는데, 갑자기 6층으로 가서 수업을 진행하라는 게 의아했기 때문이다.

"당연히 그것도 해야지. 그저 그 임무를 수행하기 전, 새로운 임무 하나가 추가된 것뿐이야. 너무 굴린다고 느껴지는가?"

"아닙니다. 절대 그런 건 아닙니다."

"그럼 뭐가 문제지?"

"혹시 계획에 차질이 생길까 하는 걱정 때문이었습니다."

"내가 조율하면 되니까 걱정 마."

"알겠습니다."

"자, 이거."

타일런트는 이제 셔먼에게 다량의 물약을 건넸다.

투명한 물약병 속엔 색깔이 짙은 검은 물이 가득했다.

성배 속에 든 검은 물은 아니다.

셔먼도 잘 아는 종류의 물약이었다.

바로 어둠 원소에 한해서 사용하는, 마력 증폭 물약이다.

"이건……."

"수업에 필요하잖아."

"감사합니다……."

이제 타일런트는 가장 중요한 것을 당부했다.

"베인의 말로는 4층에서의 모습만 놓고 보자면 유망주는 키에나, 헤이 학생이라더군. 그래도 한 명 더 필요하니까 눈여겨봐."

"기간은 얼마나 정할까요?"

"2개월. 그 이상은 안 돼. 그게 가장 적당한 기간이야. 너무 짧아도 판별력이 떨어지니까."

"알겠습니다."

"중요한 역할이야. 그러니 신경 써."

"네."

"이제 4층의 학생들이 올 때야. 내려가 봐."

"그럼 학생들을 인도하는 그날 뵙겠습니다, 보름달이시여."

셔먼은 상체를 직각으로 숙이며 인사를 남겼다.

어차피 이제 마지막.

따라서 타일런트도 더는 그를 보좌할 문지기가 필요하지 않았다.

그렇기에 셔먼이 직접 학생들의 수업을 진행하고, 평가하는 게 계획의 완성에 훨씬 효율적인 활용법이었다.

"수고해."

타일런트도 짤막한 명령만 남겼다.

우리의 담당 교수인 에타르.

그리고 쿠로와 테슬라 담당 교수인 알프릭과 트레샤.

내 제자들과 꼬박 4개월 만에 재회했다.

밴시가 둠 리포졸 수업으로부터 해방되면서, 도리어 에타르 쪽은 아예 활동할 수 없는 상태가 되었던 것이다.

4층부턴 그나마 수업이 있어 에타르가 비교적 자유롭게 움직였는데 그런 수업도 사라지니 우리에겐 자유가, 반대로 에타트르는 새 족쇄가 채워진 것이다.

더군다나 제단도 열리지 않았으니, 더더욱 나와 만날 일이 없었다.

에타르는 그저 싱긋 웃으며 눈인사를 건넸다.

눈빛만 봐도 뻔하다.

'특별한 일 없으셨죠?'라고 묻는 중이다.

나도 그런 그를 향해 고개를 꾸벅 숙였다.

베인의 앞이니 교수님 대우를 표면적으로 하는 것뿐이다.

베인은 우리가 전부 모인 것을 확인하고, 아무런 말 없이 포털을 열었다.

"뭐, 늘 보던 포털이니 설명하면 입 아플 거고."

설명 하나 없이 그 말만 남기고 강당에서 홀연히 사라졌다.

꼴 보기 싫으니 빨리 꺼지라는 의도의 행동으로 보일 지경 이다.

"진짜 마음에 안 든다니까."

그 와중에 알프릭이 거의 삼키다시피 하며 중얼거린 말이 었지만, 적어도 내겐 다 들렸다.

"자, 다들 가지."

에타르가 우리를 이끌었다.

교수진이 먼저 포털 속으로 몸을 밀어 넣고, 그 뒤로 남은 학생들인 우리가 따라 들어갔다.

'5층은 아닐 거야. 그렇지, 타일런트? 너 지금 급하잖아?'

내가 포털에 들어가기 전 천장을 보며 한 생각이다.

천장에 달린 샹들리에의 등 개수는 현재 네 개.

이 포털을 통과하면 저 등 개수는 여섯 개로 늘어나 있을 거란 합리적인 의심이 자동으로 들었다.

❧

4층. 케이의 기숙사.

"후우, 이 짓도 슬슬 지겨워지네."

케이의 모습을 한 임펠이 기숙사 안으로 들어왔다.

"오셨어요, 형님?"

그리고 기숙사엔 진짜 케이가 있었다.

둘이 현재 같은 모습을 하고 있으니, 기숙사 밖으로 나갈 땐 순번을 정해서 나간다.

특히 임펠은 그가 직접 설치한 웨이 포인트 점검을 위해 하루에 한 번은 꼭 나가야 했다.

식사의 경우엔 케이가 식당에서 몰래 가지고 와 어떻게든 해결했지만, 점검만큼은 피할 수 없는 절차였기 때문이다.

둘이 함께 지낸 것이 어느덧 3개월.

케이는 이제 임펠을 형님이라 부르며 제법 친해진 상태다.

"어, 그래."

임펠은 들어오자마자 모습을 바꿨다.

본래 자신의 모습으로 돌아온 것이다.

"웨이 포인트는 문제없었어요?"

"응. 아무런 문제 없는데 넌 어떻게 느낀 건지 당최 모르겠다니까."

그것이 임펠이 매일 점검하는 이유다.

분명 점검상으로는 조금의 문제도 발견되지 않았는데 학생에 불과한 케이가 어떻게 감지한 것인가.

그 이유를 찾기 위해 나름 분석하며 더욱 세밀하게 점검했지만, 짚이는 게 하나도 없었다.

"전 모르죠……. 아, 참! 이거 보세요. 이렇게 하는 거 맞아요?"

이제 무거운 얘기에서 벗어나, 케이는 마법 하나를 선보였다.

바로 드라코 가문의 시그니처 마법. 검은 송곳이다.

임펠이 따로 알려 준 것이다.

살상력, 방어력, 순발력 등등.

현존하는 어둠 원소 마법 중 그 모든 요소를 종합했을 때 가장 가성비가 좋은 마법이기에 둘이 함께 지내며 슬쩍슬쩍 알려 준 것이다.

하지만 일반 학생. 그것도 평민 출신의 케이가 흡수하기엔 덩어리가 너무 큰 마법이었다.

따라서 그의 검은 송곳은 송곳이란 이름보단 이쑤시개 정도가 어울렸다.

"어때요?"

은근히 기대하며 묻는 케이다.

"……멀었어. 너무 비실비실하잖아. 딱 보기에도 '어우 씨, 저거 찔리면 사지가 남아나지 않겠는데?'란 느낌이 들어야 한다고. 이렇게."

임펠은 솔직하게 답하며 직접 검은 송곳을 구현했다.

케이는 자신이 구현한 검은 송곳이 얼마나 형편없는지 다시금 깨달았다.

매번 머리로는 알고 있지만, 직접 눈으로 볼 때마다 느껴지는 벽이 달랐다.

"……확실히 느낌이 다르네요. 아무리 해도 안 되는데."

벌써 한 달 넘게 같은 마법을 연습 중이지만, 진전이 없어 케이도 소극적인 반응을 보였다.

'흐음······.'

임펠은 그런 케이를 관찰의 눈으로 살폈다.

'모브는 문제가 없는데, 어떻게 감지했냐고. 클레어가 모브로 빨려 들어간 건 우연이지만, 먼저 찾은 건 너잖아. 그건 우연이 아니라고.'

케이에겐 말하지 않았지만, 이건 케이가 특별하기에 찾은 것이다.

그래서 검은 송곳을 알려 줬다.

어떤 특별함을 가진 학생인지 알기 위해.

'얘는······ 공격형에는 재능이 없는 건가?'

그렇게 문득 든 하나의 가설.

'아무래도······ 모브 감지는 공격형이랑 거리가 조금 있으니까?'

케이는 공격보단 감지, 방어 위주의 마법에 더욱 큰 재능을 가진 마법사가 아닐까 하는 호기심이 생겨났다.

"케이, 나랑 재미있는 놀이 하나 해 볼래?"

"놀이요? 뭔데요?"

케이가 천진난만하게 답한 그 순간.

"허락한 거다?"

임펠은 음흉한 미소와 함께 재차 물었다.

"……왜 그래요? 불안하게? 놀이 아니죠……?"

그리고 헤이의 답이 떨어진 순간, 그들이 있는 기숙사는 아무것도 보이지 않는 어둠이 잔뜩 깔렸다.

"놀이 맞아. 조금은 짓궂은 놀이지만."

어둠 속에서 임펠의 목소리가 들려왔다.

케이는 자신을 감싼 어둠을 그저 무덤덤하게 바라봤다.

시야, 후각을 비롯한 모든 감각이 동시에 차단된 느낌이다.

아무것도 보이지도, 느껴지지도 않았다.

그렇다고 두렵거나 그런 건 느껴지지 않는다.

그저 걱정스러울 뿐이다.

'기숙사에서 이런 거대한 마법을 구현해도 상관없는 거야……?'

기숙사 전체를 덮고도 남을 마법이다.

이 정도 마력이라면 교수가 알아차릴지도 모르는데, 왜 생각 없이 이런 마법을 펼쳐 놓은 건지 당연히 이해할 수 없었다.

'그렇다고 정말 생각이 없는 사람은 아니고…… 뭘 하고 싶은 거야?'

그래도 무려 친위대 부대장 출신인 사람이지 않던가?

경솔한 행동은 절대 하지 않을 것이다.

일단 케이가 걱정을 접어 두고 임펠의 의도를 파악하려 할 때였다.

"시작한다?"

어둠 속에서 들린 그의 목소리.

소리가 너무 울려서 어디에서 말하는지도 모른다.

아니, 정확히 말하자면 임펠이란 사람이 보이지 않는 이 어둠 속 공간 전부에 펼쳐진 느낌이었다.

분명 한 사람이 낸 목소리인데 울리고, 울리면서 목소리가 증폭되어 귀가 따가울 정도로 큰 목소리가 되었기 때문이다.

"네."

케이는 일단 답했다.

어차피 이것이 그가 원하는 답일 것이라 생각했다.

"좋아."

역시나, 예상은 틀리지 않았다.

임펠의 목소리가 사라지고 나서 어둠 속의 기류가 바뀐 기분이 확실히 들었다.

감각이 사라진 상태지만, 이것만큼은 느낄 수 있었다.

그렇다면 이 느낌을 알려 주는 것은 감각이 아닌, 본능이다.

'이상한데? 뭔가가 올 것 같은 이 느낌……'

화악—!

강풍이 불 때 나는 소리가 났고, 케이는 본능적으로 방어 마법을 구사했다.

콰앙!

그리고 그의 마법과 무언가가 확실히 부딪쳤다.

'정답은 이거였구나?'

어둠 속에서 그런 케이의 모습을 지켜보던 임펠.

흡족하게 고개를 끄덕였다.

케이는 분명히 재능이 있는 학생이다. 그렇기에 본교로 올
수 있었던 것이다.

문제는 그 재능의 정체였는데, 임펠은 방금 케이가 보여
준 모습을 보고 확신할 수 있었다.

'케이 너는 감지하는 분야가 남들과 달리 뛰어나구나? 의
외인데. 보통 이런 유의 재능은 꼼꼼하고 섬세한 성격을 가
진 마법사들에게서나 나오는데.'

케이와 함께 지내면서 판단했을 땐, 그가 꼼꼼하고 섬세한
성격과는 조금 거리가 있다고 생각했기 때문이다.

더군다나 임펠이 케이를 가둔 마법은 공간 왜곡 마법인
'사일런스 셀(Silence Cell)'.

갇히면 모든 감각을 잃는 효과를 가진 마법이다.

침묵의 감방이라는 이름답게, 안에서 일어나는 일은 밖에
서 절대 알 수 없다.

따라서 기숙사라는 협소한 공간에서 이런 마법을 펼쳐도,
기숙사 밖으로 마력이 새어 나가지 않는다는 뜻이다.

어둠 원소 1서클 마법 다크 스페이스의 최상위 호환 버전으로 7서클에 해당하는, 임펠의 마력이 상당히 들어가 있는 마법이다.

그런 마법 속에서 고작 본교의 2층 학생이 임펠의 또 다른 공격 마법을 막은 것이다.

'어디까지 할 수 있나 한번 볼까?'

이젠 흥미가 생기기 시작했다.

임펠은 조금 더 위력이 강한 공격 마법들을 구현하기 시작했다.

'뭔가…… 오싹한데. 불길해.'

한편, 케이는 곧 들이닥칠 무차별 마법 폭격을 다시 느꼈다.

다가오는 마법은 점점 더 강력하며, 숫자도 많아졌다.

케이는 모든 마법을 방어하던 그때, 어둠 한 구석에서 뭔가가 느껴졌다.

비유하자면 온통 어둠으로 가득 찬 지금 이 공간 속에 그 뭔가가 느껴지는 곳만 밝게 빛나는 것처럼, 케이의 시선이 집중됐다.

'왜 저기만?'

저기에 무엇이 있길래 본능이란 놈이 자꾸 저길 못 보여 줘서 안달인가.

의문은 이제 호기심으로 변하며.

호기심은 다시 결단력으로 진화됐다.

케이가 임펠에게 배운, 아직 온전하지 못한 검은 송곳 하나를 구현해 그 구석을 향해 던진 그 순간이었다.

틱!

아주 단단한 무언가에 부딪치는 소리가 났고.

"이야, 이건 조금 충격인데?"

임펠의 목소리가 뒤를 이었다.

그리고 어둠이 서서히 걷히기 시작했다.

어둠이 완전히 걷히고 나서, 케이는 깜짝 놀랐다.

"……어라?"

바로 자신이 던진 검은 송곳이 아주 정확히 임펠의 눈앞에 멈춰진 상태였던 것이다.

'틱!'이라는 소리는 임펠이 구현한 방어막에 막히면서 난 소리였다.

"기대 이상이잖아? 그 와중에 날 찾아서 정확히 노리다니?"

임펠은 진심이 담긴 감탄을 내뱉었다.

"앞으로 널 어떻게 굴리면 될지 감이 빡! 오는데?"

그렇게 말하는 임펠의 얼굴은 한껏 상기되어 있었다.

'그럼 그렇지.'

4층에서 포털을 타고 도착한 다음 층.

내 시선은 자동적으로 천장을 향했다.

역시, 예상이 맞았다.

등의 개수는 여섯 개.

본교의 마지막 층인 6층에 도착한 것이었다.

"……어? 뭐야? 왜 6층이야?"

쿠로와 테슬라가 말했다.

층의 구별법을 확실히 알고 있는 모습이다.

그리고 이어지는 반응은 예상외로 덤덤했다.

이미 2층에서 4층으로 점프한 적이 있기에 그런 것 같았다.

"반갑다, 학생들."

그 직후 등 뒤에서 들린 목소리.

목소리를 듣자마자 등골이 서늘한, 기분 나쁜 느낌이었다.

슬쩍 뒤를 돌아보니, 후드형 로브를 뒤집어쓰면서 생긴 음영으로 인해 얼굴이 보이지 않는 마법사 하나가 보였다.

머리카락과 눈동자의 색도 당연히 보이지 않았다.

어차피 이곳은 본교이니 드라코 가문의 마법사인 것은 확실하나, 얼굴이 제대로 보이지 않으니 어떤 수준인지 가늠하기도 힘들었다.

하지만 한 가지 확실히 느껴지는 것은, 그를 보고 있으면 속에서 뭔가 부글부글 끓는다는 것이다.

희열이나 흥분 같은 그런 게 아니다.

이건 분명히 분노다.

"……너는."

에타르가 입을 열었다.

반응을 보니 저 사람이 누구인지 알고 있는 듯했다.

이 반응은 에타르만이 아닌, 알프릭과 트레샤도 똑같았다.

"오래간만에 보는군요, 에드 에타르."

존대인지, 반말인지도 모를 말투를 구사하는 의문의 마법사.

강당에 나타난 것으로 봐선 그저 6층의 교수이겠거니 하는 추측만 할 뿐이다.

그리고 에타르가 이어 말했다.

"문지기가 왜 여기에 있지? 통상적으로 교수가 와야 하는 것 아닌가?"

"……?"

문지기.

그 단어를 듣자마자 나도 모르게 경직되었다.

에드 분교 1클래스 생활 중에 노힐과 미하엘 가문에서 두 번의 개방 견학을 느닷없이 진행한 적이 있다.

그리고 미하엘 루인에게 링킹을 통해 기억을 추적했을 때 알게 된 문지기.

그 주인공이 눈앞에 나타난 순간이다.

"굳이 알 건 없고요. 대기실은 마련해 뒀으니까 들어가서 쉬시죠?"

문지기는 마치 지금 이 자리에 셋이 있으면 귀찮다고 말하는 것같이 얼른 셋을 보내려는 의도가 다분했다.

에타르는 문지기를 한참이나 노려보더니, 시선을 뗐다.

"가자."

강당을 나서기 전 나를 슬쩍 쳐다봤다.

뭔가 전하고 싶은 게 있는 것 같은데, 자리가 자리인지라 전할 수 없다는 의미를 담은 눈빛이다.

'그건 나중에 모브로 물어보면 되고.'

어차피 지금 당장 중요한 건 아니다.

과연 저 문지기라는 작자가 왜 갑자기 우리를 마중 나왔느냐가 중요한 것이니까.

에타르, 트레샤, 알프릭이 사라지고 난 뒤.

문지기는 설명을 이었다.

여전히 후드를 벗지 않아 얼굴을 가린 채다.

"반갑다. 난 6층의 교수이자 문지기란 직책을 가진 드라코 셔먼이라고 한다. 여섯 명의 더블 캐스터. 본교 마지막 층에 도달한 것을 환영한다."

딱딱하고 무뚝뚝하기 그지없는 말투다.

"아까부터 말씀하시는 문지기라는 게 뭐죠?"

테슬라가 물었다.

두 교수 사이에서 신경전이 일어나면서 나온 단어이니, 당연히 궁금할 것이다.

"보름달이 계신 꼭대기로 향하는 문을 지키는 자. 그래서 문지기라고 부른다. 즉, 대마법사님을 가장 가까운 곳에서 보좌하는 사람이지."

셔먼은 아무런 거리낌 없이 설명했다.

그의 소개가 끝나자 쿠로와 테슬라는 눈빛이 반짝였다.

마법사들의 주인, 대마법사를 바로 옆에서 보좌하는 대단한 사람을 직접 눈으로 봤다는 성취감 같은 것이 느껴진 모양이다.

반면, 나와 밴시는 그를 쳐다보는 시선이 당연히 곱지 않았다.

우리가 설정한 주적의 최측근.

즉, 우리의 앞길을 방해하는 자.

따라서 곧 서로 목숨을 노리는 관계가 될 것이니, 그로 인한 마음가짐이라고 할 수 있었다.

"각자 기숙사로 돌아가 짐 풀고, 따로 모브로 연락하지. 그럼 모브가 알려 주는 교실로 오도록. 6층에서의 아주 특별한 수업이 너희를 기다리고 있어."

셔먼이 지시했다.

그리고 강당으로 나가기 직전.

그는 나를 똑바로 쳐다보며 의미심장한 말을 건넸다.

"특히 네가 가장 기대되더군, 아르텔. 6층의 수업을 완벽히 수료할지도 모르겠다는 기대."

"……무슨 뜻이죠?"

수업의 정체는 나도 모른다.

그렇기에 경계할 수밖에 없었다.

더군다나 그가 말한 '완벽한 수료'.

그 말을 뒤집어 보자면 여태까지 완벽히 수료한 학생이 나오지 않았다는 게 아닌가 싶었다.

셔먼은 내 질문에 답하지 않고 등을 휙 돌리고 나갔다.

기숙사에서 짐을 푸는 찰나의 여유로운 시간에 난 에타르랑만 연결된 모브를 통해 그에게 슬쩍 물었다.

─에타르, 본교 6층에서 무슨 수업을 하는지 아나?

─그건 저희도 모릅니다.

타일런트에 관해 모든 걸 추적하고, 조사하며 정보를 쌓았던 그인데도 모른다는 게 의아했다.

―임펠이 친위대 부대장으로 있을 때, 학교도 자주 왔다 갔다 했을 거아냐. 그 웨이 포인트도 몰래 설치할 정도니까.

―임펠도 6층 수업에 대해서는 모른다고 했습니다. 친위대가 원래 학교 수업에 관여할 권한도 없기에 알아낼 수 없다고 했습니다. 괜히 깊게 물어보면 의심할 것 같기도 했고요.

그런 사정이 있었다면, 이해는 충분히 간다.

에드 가문의 첩자로서 활동 중인데 친위대 전부가 궁금해 하지 않는 것을 자신만 궁금해하며 조사하면 분명히 이상하게 보일 거라고 생각했으니까.

―곧 수업 들으시나요?

―응. 어떤 수업인지 대충 알고 싶었거든. 마지막 층이니까.

―수업이면…… 당연히 문지기 그놈이 진행하겠죠?

―아마 그러지 않을까? 6층의 교수를 맡았다고 하던데.

―이상하군요. 본래 6층의 교수는 따로 있는 걸로 알고 있었는데 그 교수까지 교체할 정도면…….

타일런트도 마지막이니 신중에 신중을 기하겠다는 의도다.

그가 그렇게 심혈을 기울이는 건 당연히 재료 분류 작업이니 셔먼이 그 일정 부분을 도맡아서 진행한다는 뜻이 된다.

－문지기 그놈, 혹시 모르니까 조심하세요. 예사 놈이 아닌 것만은 확실합니다.

마치 타일런트를 대하듯, 상당히 경계하며 조심스러운 에타르의 행동이다.

어쩌면 이 정도로 내게 당부하는 것은 셔먼에게 겁을 먹었기 때문일지도 몰랐다.

이해는 된다.

내가 보기에도 확실히 위험한 무언가를 가지고 있는 놈으로 보였으니까.

－더블 캐스터 신입생 전원. 집합.

에타르에게 답장하기 전, 본교의 모브에 띄워진 공지 사항이다.

－갔다 오마, 에타르. 몸 사리면서 쉬고 있어.

－네. 조심하십시오. 아르키스 님.

나도 이제 수업의 정체를 확인하기 위해 기숙사를 떠났다.

6층의 교실은 4층과는 달랐다.

적어도 책상과 칠판은 있었기 때문이다.

그리고 교실로 오면서 느낀 것이 있는데, 바로 6층의 학생 총원이 상당히 적어 보였다는 점.

복도에서부터도 4층에서까지 느꼈던 북적거림은 사라졌다.

'10명은 되긴 하는 걸까?' 하고 의문이 들었다.

"다들 앉아."

교실에 도착하자 교수 셔먼은 미리 와서 우릴 기다리고 있었다.

그런데 그를 본 난 찝찝한 기분을 지울 수 없었다.

'몇 분밖에 안 지났는데 왜 분위기가 또 달라졌지?'

기분 나쁜 분위기가 한층 더 강해졌다고 하는 게 맞았다.

이렇게 노골적으로 느껴질 정도면, 마력이 그 짧은 시간 사이에 더 강해졌다는 뜻인데.

그게 가능하기나 할까?

'그사이 물약 같은 거라도 마셨나? 아니, 마실 필요가 있나? 고작 수업인데.'

본교 마지막 층, 6층에 도달하니 이상한 것들이 계속 눈에 밟히기 시작했다.

일단 교수의 지시에 따라 각자 자리에 앉으니 셔먼은 칠판에 큼지막한 단어 하나를 썼다.

비전력

그 단어를 본 순간 평정심을 잃을 뻔했다.

존재하지 않는 자원이란 별명을 가진 그것.

그만큼 특별하다는 뜻이다.

그런데 그런 특별한 자원을 6층의 학생들에게 알려 주는 이유가 뭐란 말인가.

'설마, 6층 수업의 정체가……?'

그것 말고는 비전력이란 주제를 꺼낼 이유가 없었다.

"처음 들어 보는 말이지?"

셔먼이 학생들에게 물었다.

본격적인 수업의 시작이다.

당연히 나와 밴시를 제외한 학생들은 알 리가 없는 주제.

다들 고개를 저었다.

"비전력이란 건 마나의 상위 자원이다. 비전력을 사용하면 원소가 가진 본연의 성격이 비교도 못 할 정도로 강력하게 변하지."

셔먼의 설명에도 학생들은 제대로 이해하지 못한 표정이었다.

당연하다.

말로만 듣는 거랑 직접 눈으로 보고 깨닫는 것은 큰 차이가 있으니까.

"어둠 원소의 성격은 말 그대로 어둠. 어둠이란 본질의 뜻이 뭐지, 아르텔? 너는 알고 있을 것 같은데."

"무(無)요."

"그렇다. 어둠의 본질은 아무것도 없는 것을 뜻하지. 자, 그런 본질을 가진 어둠 원소가 비전력을 사용한다면 어떻게 될까?"

이것도 내게 묻는 질문이다.

왜 유독 나만 콕 집어서 이런 질문을 하는 것인지는 알 수 없었다.

'설마 이것까지 내가 알고 있을 거라고 생각하는 건가?'

내 정체가 탄로 난 상태는 아니니, 혹시 알고 있을까 하는 심리전일 뿐이다.

'이런 거엔 호응할 필요가 없지.'

"그건 모르겠는데요?"

난 철저하게 비전력만큼은 제대로 모른다는 태도를 보였다.

"아쉽군. 여기에 있는 학생 중 재능이 가장 뛰어나고, 그 정도 재능이면 공부도 많이 했다는 뜻이라 알고 있을 거라 생각했는데."

"비전력이라는 것도 오늘 처음 듣는데요. 제가 본 책 어디에서도 나와 있지 않았어요."

"뭐, 무리도 아니지."

셔먼은 애초에 질문할 때 큰 기대를 하지 않은 것으로 보였다.

"내가 대신 알려 주지. 어둠 원소에 비전력을 더하면 생명체의 존재도 무로 돌아간다. 그 정도로 강력한 자원이라는 뜻이지. 어둠 원소와 비전력을 합치면, 생명체는 살 수 없는 즉사의 공간이 완성되는 것이다."

그건 맞다.

실제로 비전력이 가미된 어둠 원소 공간 왜곡 마법을 사용했다면 안에 갇힌 생명체는 머지않아 존재 자체도 사라지게 된다.

그러나 난 여기에서 두 가지 의문이 들었다.

첫째, 학생들에게 비전력을 알려 주려는 것으로 보이는데 그게 가능하기나 할까?

비전력은 역사상 사용할 수 있는 사람이 나밖에 없다.

그마저도 내가 몸이 바뀌는 바람에 전생의 나와 비교하면 사용할 수 있는 힘은 고작 10% 정도.

100% 전부를 발휘할 수 없는 상태다.

나 이전에 고대의 마법사 중에서도 사용할 수 있는 이가 소수는 있었다고 들었지만, 그 이름도 제대로 알려지지 않았을 만큼 상당히 오래됐으며 희귀한 재능의 소유자들이다.

그런 비전력의 수업이 무의미하게 다가왔다.

그리고 둘째.

단계란 게 있다.

비전력을 알려 주는 건 그렇다고 치자.

그런데 비전력은 서클로만 놓고 보자면 11서클.

대마법사가 10서클.

따라서 공식적으로 서클은 10이 끝이다.

11이란 숫자는 마법사들 사이에서 존재하지도 않는 서클이다.

그렇기에 비전력을 두고 존재하지 않는 자원이라고 부르는 거다.

당장 이 학생들은 10서클보다 아래며, 원소 마법의 결정체라 불리는 9서클 수준의 보주화도 구현 못 하는데, 이런 수업을 진행하는 것 자체가 웃겼다.

난 슬쩍 천장을 보며 생각했다.

'이게 네가 계획한 분류 작업의 실체인가, 타일런트?'

왜 셔먼이 나에게 6층의 수업을 완벽히 수료할지도 모르겠다는 말을 남겼는지 이해가 됐다.

6명의 더블 캐스터 중 가장 재능이 뛰어나니, 나를 보고

'혹시?'라는 생각이 들었다는 뜻이니까.

그리고 이젠 수업을 진행하는 셔먼도 의심스럽다.

수업이란 건, 수업을 담당하는 사람.

즉, 교사가 알고 있는 것을 모르는 학생에게 알려 주는 것이다.

따라서 셔먼이 보주화를 구현할 수 있어야만 이 수업이 가능하다는 뜻이다.

난 슬쩍 손을 들었다.

"뭐지, 아르텔?"

"교수님은 비전력을 사용하실 수 있는 거죠? 그러니까 수업을 진행하는 거고요."

"……."

그는 시선이 내게로 고정되었다.

여전히 후드로 가리고 있는 얼굴이라 눈동자는 보이지 않았지만, 나를 보고 있다는 것쯤은 쉽게 느낄 수 있었다.

"아무렴 내가 할 줄 모르는 것을 학생들에게 교육할까."

정말? 그 말에 책임을 질 수 있나?

마법 사회의 그 긴 역사를 통틀어도 한 명밖에 없는 게 비전력 사용자인데.

고작 타일런트의 수발이나 드는 비서질이나 하고 있는 네가 가능하다고?

저쪽에서 저렇게 호응한다면, 나도 둘 수 있는 하나의 수가 있다.

"보여 주세요. 설명만 들었을 땐 비전력이 그렇게 대단한 자원인지 모르겠어요."

내가 직접 눈으로 봐야 했다.

정말 그의 말대로 비전력을 사용할 수 있는 것인지, 아닌지.

"네 말이 맞지. 직접 보여 주는 게 빠르지."

그는 당당한 목소리로 답한 그 순간.

교실 전부가 어둠으로 물들었다.

*

"되게 시끄럽지 않냐?"

4층. 클레어의 기숙사.

기숙사 안에서 쉬고 있던 니드가 클레어에게 물었다.

"네? 갑자기 무슨 말이에요?"

클레어는 질문의 의도 자체를 몰랐다.

아무런 소리도 들리지 않는데, 무슨 소리가 들려서 시끄럽다는 소리가 왜 나오는지 당최 몰랐기 때문이다.

"옆방. 뭘 하는데 이렇게 쿠당탕 소리가 계속 들려?"

"……옆방?"

옆방은 케이의 기숙사다.

하지만 여전히 클레어의 귀에는 아무것도 들리지 않았다.

오늘만이 아니다.

평소에도 옆방에서 소리가 들린 적은 없었다.

애초에 마법으로 만들어진 학교에서 방음이 문제가 된 적이 없으니까.

안에서 무슨 소리를 질러도 그것이 옆방까지 새어 나가는 일은 본교 생활을 하면서 한 번도 겪은 적이 없었다.

그런데 유독 니드는 오늘 예민한 모습이었다.

"무슨 소리가 들린다고……."

혹시나 하는 마음에 클레어는 귀를 벽에 딱 밀착시켜서 감청했지만, 역시나 느껴지거나 들리는 건 아무것도 없었다.

"언니, 그냥 예민한 거 아니에요? 아무것도 안 들려요."

클레어도 니드와 꽤 친해져, 그녀를 언니라고 불렀다.

"너나 그렇겠지."

하지만 니드는 냉랭하게 답했다.

클레어는 니드가 '너같이 역량 부족한 학생들은 그게 당연해.'라고 말하는 것 같아 기분이 조금 상했다.

하지만 틀린 말도 아니다.

니드는 느끼는데 자신은 느낄 수 없는 것.

그것은 역량의 차이니까.

"염탐 좀 하고 올게, 도대체 무슨 짓을 하기에 이렇게 시끄러운 건지."

니드는 그렇게 말하고 벽 앞에 섰다.

그 벽을 넘으면 케이의 기숙사에 도달할 수 있었다.

쩌저적-!

그녀가 벽을 향해 손만 뻗었을 뿐인데, 기숙사 벽 한 곳은 얼음벽으로 바뀌었다.

그리고 그 속으로 자연스럽게 걸어 들어가는 니드.

평범한 기숙사의 벽이 포털이 된 순간이다.

"······우와."

이미 니드의 모습은 사라졌지만, 클레어는 그녀가 지나간 벽에서 눈을 떼지 못했다.

마법을 이렇게 활용하는 걸 처음 봤기 때문이다.

"저런 것도 가능······하구나? 효율적인 마법. 음, 저런 마법은 어떻게 생각했대?"

니드는 특별한 의미를 품고 한 행동이 아닌데, 관찰력이 뛰어난 클레어는 그녀가 선보인 마법에 완전히 홀렸다.

특히나 자신과 같은 물 원소사에 빙결 마법 사용자가 아니던가.

그렇기에 더더욱 눈을 뗄 수 없었다.

그럴 만한 이유가 클레어에게도 있었으니.

클레어는 마법이라고 하면 무조건 강한 것을 생각했기 때문이다.

눈에 확 띄어야 하며, 겉보기에도 '아, 정말 강한 마법이구나.'라고 느껴질 그런 마법.

그런 면에서 그녀는 에드 가문의 마법사 중 스파클과 상당히 닮았다.

다른 종목은 다 제치고, 오직 공격력만 높인 마법사다.

클레어가 강한 마법에 집착한 것도 전부 케이와 본교 때문이었다.

재능이 있는 학생만 본교로 갈 수 있기에 분교 생활 당시 교수, 교사진에게 눈에 띄어야 했으며 잊히지 않도록 자신을 어필해야만 했다.

그런 집착의 결과가 바로 빙결 마법을 터득한 것이다.

하지만 지금에 와서는 강함의 정의가 조금 바뀌었다.

강한 것에는 무조건 공격력이 높은 마법이 아닌, 효율이 좋은 마법도 포함된다는 것이다.

"신기하다……."

클레어는 니드의 마법을 손으로 만졌다.

만지면 무언가 느껴지는 게 있지 않을까 하는 호기심이었다.

"뭐 해?"

"아, 언니."

그러던 순간. 니드가 기숙사로 다시 돌아왔다.

"그냥…… 이 마법 되게 좋아 보여서요. 효율적으로 보이기도 하고."

"보는 눈은 있네. 아무튼, 그게 중요한 건 아니고 따라와 봐. 옆방에서 사내자식 둘이 재미있는 거 한다."

"재밌는 거?"

일단 클레어는 니드를 따라갔다.

"……세상에! 이거 뭐예요?"

케이의 기숙사를 보고 경악하는 클레어.

그도 그럴 것이, 케이의 기숙사엔 거대한 검은 상자 하나가 덩그러니 놓여 있었다.

케이와 임펠이 보이지 않는 것을 보니, 그 안에 들어가 있다는 것만 짐작할 뿐이다.

"사일런스 셸이란 마법이야. 공간 왜곡 마법으로 갇히면 시야는 물론, 모든 감각을 잃지. 그리고 안에서 무슨 일이 일어나도 밖에선 모르지."

"……그런데 언니는 느꼈잖아요? 무슨 소리가 들린다고."

"저기 봐 봐."

니드는 사일런스 셸 어느 부분을 손가락으로 가리켰다.

시선이 따라가니, 클레어의 눈에도 보였다.

작은 구멍이 열렸다가 다시 메꿔지고 또다시 열리는 현상이 반복되는 중이었다.

구멍의 크기는 손가락이 겨우 들어갈 정도로 작았다.

"저래서 들렸던 거더라고. 아마 안에서 임펠이 훈련 같은 걸 시키는 거 같은데?"

"근데…… 저러면 교수한테도 들리지 않을까요?"

"구멍이 너무 작아서 거기까진 안 닿을 거야. 걱정 마. 그나저나 네 남자 친구도 대단하네. 사일런스 셀 안이면 임펠의 세상인데 저런 거센 저항도 다 하고."

칭찬받는 건 케이인데 괜히 클레어도 덩달아 설렜다.

클레어는 열망에 찬 눈으로 니드에게 한 가지 부탁을 했다.

"언니, 저도 저런 훈련 시켜 주면 안 돼요?"

"그 말을 언제 하나 했다."

그런데 니드는 오히려 기다렸다는 듯이 답했다.

❧

"자, 이 상태가 마나만 있는 상태다."

어둠이 깔린 교실 속에서 셔먼이 말했다.

우리가 앉아 있는 책상이나 셔먼의 뒤에 있는 책상.

더불어 양옆으로 나열된 학생들도 현재 눈에 훤히 보이는 상태다.

셔먼은 마나와 비전력의 차이를 직접 보여 주기 위해 마법을 구현한 것이다.

그의 마법을 보고 수준을 가늠할 수 있는 상태는 아니다.

정말 기본적인 어둠만 깔아 놓은 상태니까.

이제 어떤 행동을 하는지 지켜보면 되었다.

"그런데 이걸 이제 비전력으로 바꾸면 이렇게 되지."

그렇게 말하자 어둠 속에서 검은 벼락이 치기 시작했다.

쿠르르릉!

검은 먹구름에서 한 줄기의 벼락이 치는 것과 같은 모습.

이는 마력이 증폭되었다는 증거다.

어둠은 점차 짙어지며, 서서히 셔먼의 모습은 물론이고.

양옆에 앉아 있는 학생들의 모습을 가리기 시작했다.

그리고 덩달아 내 자신의 몸도 어둠에 완전히 먹혀 눈으로 보이지 않게 되었다.

"어때? 이게 비전력의 효과다."

하지만 난 헛웃음이 다 나왔다.

'어디서 개수작이야?'

다른 사람은 몰라도 난 안다.

이것은 비전력의 효과가 아니다.

그저 마력만 증폭해서 시야를 완전히 가리는 어둠이 짙어진 것뿐이다.

정말로 비전력을 사용했다면, 지금 누군가가 피부를 억지로 쥐어뜯는 것 같은 고통이 느껴져야 한다.

그런데 내 몸은 평안함 그 자체였다.

즉, 지금 셔먼은 비전력을 사용할 수도 없는 마법사면서 사용할 수 있다고 거짓말을 한 것이다.

'어디 감히 번데기 앞에서 주름을.'

왜 강당에서 봤던 셔먼이 교실로 들어오자 분위기가 확 바뀐 것인지도 알 수 있었다.

물약을 마신 것 같은 느낌이었는데, 그게 정답이었다.

이런 웃기지도 않는 연극을 하기 위해 그랬던 것이다.

어둠을 곧장 걷으며, 셔먼이 학생들에게 물었다.

"어떻지?"

"……대단합니다. 같은 마법인데 자원이 다르다는 것만으로 엄청난 위압감을 느꼈습니다."

테슬라의 말이다.

비전력의 본질이 무엇인지 모르니, 저런 반응도 무리가 아니었다.

"나머지 학생들은 느껴지는 게 없나?"

셔먼은 입을 다문 학생들에게도 대답을 강요했다.

밴시와 나만 빼고, 학생들은 확실히 마법이 강력하게 변한 것을 느꼈다고 답했다.

난 일단 가만히 있었다.

마음 같아서는 자리에서 벌떡 일어나 '이게 비전력이란 거다.'라며 보여 주고 싶었지만, 상대를 가려야만 했다.

셔먼은 타일런트를 보좌하는 마법사. 내가 비전력을 선보인 순간 장담하건대, 가만히 있지 않을 거다.

따라서 불필요한 행동은 하지 말아야 했다.

"이것이 6층의 첫 번째 수업. 비전력이라는 것은 오로지 재능을 가진 마법사가 도달할 수 있는 경지다. 여태껏 6층을 거쳤던 학생 중에 이 비전력을 다룰 수 있는 학생은 나오지 않았어. 하지만 만에 하나, 너희 중에 누군가가 비전력을 다룰 수 있게 된다면 그 순간 바로 졸업이다. 모든 것이 있는 바로 위의 층."

셔먼이 손가락이 천장으로 향했다.

"꼭대기로 직행이지."

그만큼 대단한 자원이니 충분히 타당한 대우다.

단, 꼭대기에 마법사가 원하는 모든 것이 있다는 전제하에.

하지만 그곳엔 어차피 검은 죽음밖에 없지 않던가?

꼭대기 직행이라는 말은 타일런트가 가장 원하는 재료라는 뜻이기도 하다.

난 셔먼을 통해서 한 가지 사실을 추가로 알 수 있었다.

타일런트는 현재 300년이 넘는 기간 동안 마력을 증강시켰음에도 비전력을 사용할 수 없는 마법사라는 것.

그러니 이런 수업을 진행하는 게 아닌가?

자신의 희망을 담은 수업을.

"그리고 두 번째 수업은 이거다."

셔먼은 다음 주제로 넘어갔다.

그리고 칠판에 다시 글씨를 크게 쓰기 시작했는데, 이번엔

'보주화'였다.

'올 게 왔군.'

9서클 마법의 보주화.

원소의 성격을 극대화하여 거대한 구체로 띄우는 마법.

난 슬쩍 헤이, 키에나, 쿠로, 테슬라를 쳐다봤다.

'어쩌면…… 보주화 정도면 할 수 있을지도 모르겠군.'

이 넷이 본교에서 보인 모습이라면 아예 허황된 말은 아니니까.

공교롭게도 밴시는 제외다.

밴시의 역량으로는 절대 불가할 것을 누구보다도 내가 잘 알기 때문이다.

'바이스도 못 했는데 밴시가 할 수 있을 리가 없지.'

에드 분교에서 받은 내 숙제도 아직 못 하고 있는데, 그보다 몇 배는 어려운 보주화를 덜컥 해내는 기적은 전설 속에서만 나올 수 있는 것을 나는 잘 안다.

"보주화……? 그건 무슨 마법이죠?"

이번 질문은 역시 테슬라.

우리 중에 가장 수업에 열의를 가진 학생이었다.

"역시 말로 하는 설명보다 보여 주는 쪽이 빠르겠지?"

셔면의 답이 끝나자마자, 교실 천장엔 검은 구체가 떴다.

쿠구구궁─!

동시에 굉음과 함께 강풍이 일렁였다.

아니, 정확히 말하면 강풍이 아닌 보주화가 우릴 끌어당기고 있는 것이다.

'온전한 보주화…….'

크기는 일반적인 보주화에 비하면 한없이 작았다.

그러나 명백히 보주화가 맞다.

셔먼은 비전력 사용자가 아니지만, 적어도 보주화는 사용할 수 있는 마법사였던 것이다.

크기가 작은 것은 교실이라는 좁은 공간에 있기 때문에 일부러 줄여서 그런 것이었다.

셔먼의 보주화가 뜬 동시에.

셔먼의 뒤에 있던 칠판은 공중에 떠, 보주화 속으로 빨려 들어갔다.

무(無)라는 본질을 가지고 있는 어둠 원소.

교실 안의 모든 것을 빨아들여 무로 되돌리는 중이었다.

학생들은 각자 마법을 사용하면서까지 빨려 들어가지 않기 위해 안간힘을 썼다.

"……끄으으윽."

특히 밴시는 어금니가 부서질 정도로 꽉 물고 책상을 부여잡으며 버티는 중이었다.

나를 포함한 여섯 명 중 상태가 가장 위태로운 것은 밴시.

그녀가 앉은 의자가 심하게 덜컹거리더니 의자 다리가 지면에서 떨어진 그 순간.

"아……!"

밴시는 느꼈다.

이제 곧 보주화로 빨려 들어갈 것이라고.

쿵!

의자에 앉은 채로 보주화를 향해 날아가던 밴시는 도중에 교실 바닥으로 수직 낙하했다.

셔먼이 보주화 구현을 중단한 것이다.

하필이면 밴시가 떨어진 곳도 셔먼의 발 앞.

밴시는 엎드린 채로 고개만 올려 셔먼의 음영으로 가득한 얼굴을 바라봤다.

"넌 아무래도 가망이 없는 학생 같군, 이것도 못 버틸 정도라니."

명색이 플레우드인데.

셔먼의 앞에 있으면 한없이 작은 1클래스쯤의 학생으로 보일 지경이다.

그 정도로 서클의 차이가 극심하다는 증거다.

게다가 셔먼은 방금의 일로 밴시의 역량 파악을 끝냈는지, 아예 기대도 안 하는 냉철한 목소리였다.

"뭐 해, 안 일어나고? 자리로 돌아가."

"……."

밴시는 분한 표정을 지었지만, 지시에 순순히 따랐다.

성격대로 나가서 좋을 게 없다는 걸 잘 알아서였다.

"잘 봤겠지? 이게 보주화라는 것이다. 게다가 너희는 전부 더블 캐스터. 너희의 보주화는 나처럼 단색이 아닌, 두 가지 색이 섞여 있겠지?"

그러면서 은근히 기대하는 말투.

물론 그런 말을 하면서도 밴시에겐 시선 한번 주지 않았다.

"궁금한 게 있습니다."

내가 물었다.

"뭐지?"

"보주화라는 걸 익히면 그것도 꼭대기로 직행인가요?"

이 부분이 가장 중요하다고 판단해서였다.

비전력과 보주화.

둘 다 학생의 신분으로 이루는 것이 거의 불가능에 가까운 수준의 과제다.

그런데 상대적으로 난이도는 보주화 쪽이 훨씬 쉽다.

비전력은 재능이 없으면 아예 엄두도 못 낼 영역이지만, 보주화는 노력으로 비슷하게 흉내라도 낼 수 있으니까.

그렇게 된다면 비전력을 익히려는 시도는 안 하는 게 수업을 받는 학생의 입장에서도 이득이다.

굳이 안 될 거에 힘 뺄 필요 자체가 없으니까.

둘 중 하나만 익혀도 꼭대기로 직행할 수 있는데 뭐 하러 둘 다 익히겠는가?

합리적으로 생각한다면 그것은 편법이 아닌 오히려 전략이라고 볼 수 있었다.

"물론이지."

셔먼의 답이었다.

"그럼 비전력을 익힐 필요가 없는 거 아닌가요? 어차피 둘 중 하나만 익히면 꼭대기로 갈 수 있는 거니까요."

"나 참."

내 질문을 들은 그는 가소롭다는 듯이 혀를 찼다.

"보주화라는 마법이 네 눈엔 그렇게 쉬워 보였나?"

솔직히 '네.'라는 답이 자동적으로 튀어나올 뻔했다.

하지만 간신히 참으며 '네가 보좌하는 그놈도 나한테 보주화를 배웠어.'라고 속으로 중얼거렸다.

셔먼은 경고하듯 설명을 이었다.

"왜 4층에서부터 둠 리포졸의 지속 시간을 정했는지 아나?"

그 말에 나는 또 '그거야 당연히 마나양 측정을 위해서잖아?'라고 대꾸하고 싶어졌지만 말을 아꼈다.

쓸데없이 모든 걸 알고 있다는 것을 알려 줄 필요는 없으니까.

대신 추측성으로 답했다.

"보주화도 정해진 지속 시간을 유지해야 한다는 뜻인가요?"

"가지고 있는 재능만큼 눈치도 빠르군. 그렇다. 하지만 내 수업은 관대하지 않아. 딱 2개월만 진행한다. 2개월 뒤에 진전이 없는 학생은 졸업은 꿈도 꾸지 말도록."

퇴학시키겠다는 소리로 들렸다.

이 시대의 퇴학은 목숨의 구제이지만, 다른 학생들은 그것을 알고 있는 상태가 아니지 않은가.

특히 쿠로와 테슬라는 표정이 굳어졌다.

2개월 안에 꼭 성과를 내겠다는 다짐이 돋보였다.

그리고 나도 2개월이라는 기간에 집중했다.

'타일런트, 너에게 주어진 최대 시간이 2개월밖에 없다는 뜻이구나?'

이미 4층에서 6개월을 소비했다.

게다가 제단도 열리지 않는 상황.

사일러드도 한계에 봉착한 상태이니 빨리 봉인석을 흡수할 생각만 가득하겠지.

그런데 사용할 수 있는 물약은 정해져 있으니 2개월 동안 문지기인 셔먼이 직접 수업을 진행하면서 누구를 꼭대기로 데리고 갈지 분류하겠다는 것이었다.

'이게 마지막 분류 작업이 되겠군.'

왜 4층에서 그렇게 쉬운 과제를 내주고, 전부를 6층으로 올려 보냈는지 이해가 확실히 되었다.

"자, 그럼 수업 시작해 볼까? 우선 보주화부터다. 상대적으로 보주화의 난이도가 비전력보단 쉬우니까."

6층에서의 본격적인 수업이 시작되었다.

"아 참. 중요한 걸 깜빡했군. 6층부터는 팀이란 개념이 사라져. 즉, 너희 팀원 중 누군가가 보주화나 비전력을 익혀도 꼭대기로 향하는 것은 그 학생만이다. 팀 전체가 아니라."

그 말은 이제부턴 개인전이라는 뜻이다.

'역시…… 이게 마지막 분류 작업이었어.'

이런 방법을 생각해 내다니, 타일런트.

조급함을 보였을 땐 솔직히 기뻤는데, 지금은 씁쓸했다.

내가 생각하기에도 자신이 원하는 결과를 얻기에 아주 훌륭한 과정이었기 때문이다.

그래도 씁쓸함만 있는 건 아니다.

일말의 시원함도 존재했다.

나에게도 이점이 될 부분은 분명히 존재했으니까.

그것은 바로 에타르의 모든 반격 준비가 완료되면 내가 먼저 보주화를 구현해서 홀로 꼭대기로 향하는 것이다.

이는 즉 같이 팀으로 활동했던 학생들, 특히 헤이와 키에 나를 이끌기 위한 노력을 하지 않아도 된다는 뜻이다.

1층에서처럼 내가 제단을 지키며 닫지 않아도 되고, 4층에서처럼 둠 리포졸 지속 시간 테스트를 받을 때 부족한 부분을 나 혼자 메꾸지 않아도 된다.

나에게만 가중되었던 짐들이 한순간에 사라지게 되니, 족쇄가 완전히 풀린 느낌이었다.

그리고 내가 보주화를 셔먼의 앞에서 구현하는 그날.

에타르가 혼자서 고독하게 준비한 반격의 시작이며.

약 300년 전 내가 당한 수모를 되돌릴 수 있는 복수의 날
이다.

여기까지 달려온 과정의 결실을 곧 맺을 수 있다고 생각하
니 기뻤다.

'기다리거라, 곧 만나러 갈 테니. 못난 네놈을 바르게 지도
하러.'

나는 타일런트가 있을 천장 너머를 슬쩍 보며 속으로 말했
다.

예상은 늘 깨진다

"그런데 교수님, 6층에선 제단을 닫지 않아도 된다는 건가
요?"

그때 쿠로가 질문을 던졌다.

여태까지 본교는 제단을 닫고, 거기에서 얻은 포인트로 졸
업을 결정했다.

그런데 6층에 들어와서는 어떤 수업을 진행할 것이라고만
설명했지, 6층엔 몇 급 제단이 있고 각각 몇 개가 있으며 닫
으면 몇 포인트를 얻는다는 말이 일절 없으니 의아했던 것으
로 보였다.

"그렇다."

셔먼은 허탈할 정도로 즉각 답했다.

'알 만하다.'

질문을 건넨 쿠로는 이해하지 못하는 표정이지만, 나는 적어도 잘 알았다.

이미 4층에서 그리핀의 상태를 보고 사일러드의 상태를 짐작할 수 있지 않았던가?

완전히 한계를 넘어 혼수상태 직전일 것이다.

게다가 모르긴 몰라도 본교의 마지막 층인 6층에 있는 제단의 급수는 못해도 8급 이상.

따라서 8서클 이상의 마법들이라고 보면 된다.

지금 상태도 좋지 않은 사일러드가 8급 이상 제단을 활동시킬 힘이 남아 있다?

그랬다면 4층에서 제단이 6개월이나 넘게 침묵을 지키지도 않았을 터다.

그런 정황들을 종합하면, 6층의 제단은 이제 더는 열릴 일이 없다.

아마 타일런트도 이것을 알기 때문에 문지기란 직책을 가진 셔먼을 6층으로 보내고, 더블 캐스터 수업 담당으로 활용한 게 아니겠는가.

"제단은 머리에서 지워라. 너희가 앞으로 이뤄야 할 것들은 제단 경쟁에서 이기는 게 아닌, 오직 보주화와 비전력을 구현하고 유지하는 것뿐이다."

셔먼이 세뇌하듯이 강조했다.

"또 궁금한 거 있나?"

"……없습니다."

"그럼 수업 바로 시작하지. 보주화부터 시작한다."

그렇게 셔먼의 보주화 수업이 시작됐다.

수업 내용은 특별한 게 없었다.

셔먼이 보주화를 띄운 채로 수업을 진행하는 것뿐이었다.

직접 눈으로 보고 몸으로는 보주화의 위력을 깨달으라는 취지였다.

그런데 보주화가 떠 있기 시작하자 밴시의 고통은 지속되었다.

우리 중에서 유일하게 보주화를 견디는 힘이 부족해서다.

하지만 안간힘을 쓰면서 어떻게든 자리를 지키는 밴시.

그런 노력이 무색하게 밴시는 여전히 의자에 앉은 채로 공중을 활보했다.

수업 진행 약 1시간 뒤.

결국, 셔먼은 밴시에게 딱 한마디만 남겼다.

"넌 애초에 자격도 없는 학생 같군. 6층까지 온 건 전부 팀을 잘 만난 덕분인가? 나가라. 넌 필요 없다."

타일런트의 분류 작업에서 걸러지는 순간이다.

'차라리 잘된 건가.'

이상하게도 난 안도했다.

그도 그럴 것이, 함께 꼭대기로 향한다면 밴시를 기다리는 것은 위험밖에 없다.

그곳은 이제 전쟁터가 될 것이며, 스스로 생존하는 방법을 모르는 학생이 간다면 휘말려 죽을 게 분명하니까.

이미 나도 밴시에게 예전부터 경고한 적이 있었다.

넌 내게 있어서 도구에 불과하다.

도구는 가치를 잃으면 언제든 버려진다.

이왕 이렇게 된 거, 내가 아닌 셔먼의 선에서 걸러진다면 밴시에겐 행운이라고 생각했다.

"……할 수 있습니다."

하지만 밴시가 누군가.

독기와 오기로 혼자만의 힘으로 250년간 은거하며 수련해 6서클이 된 마법사다.

밴시는 절대 포기하지 않겠다는 강한 의사를 펼쳤지만.

"아니, 필요 없어. 꺼져."

셔먼은 밴시를 향해 어둠 원소 마법 하나를 시전했다.

3서클 마법, 웨이브다.

셔먼의 웨이브를 맞은 밴시는 그대로 교실 밖으로 맥없이 튕겨 나갔다.

미처 반격할 겨를도 없는, 눈 깜짝한 새였다.

"수업은 너희 다섯 명만 진행한다."

그리고 태평하게 다시 수업을 이었다.

'밴시, 고생했어. 넌 네 역할을 충분히 다한 거야.'

나 때문에 굳이 하지 않아도 될 더블 캐스터 행세까지 한
노고를 어떻게 무시할까.

밴시에게 닿진 않겠지만, 속으로 위로의 한마디는 남겼다.

꽃

니드와 클레어는 여전히 케이의 기숙사 안에서 사일런스
셀만 쳐다봤다.

둘이 나오길 기다리는 중이었다.

하지만 아무리 기다려도 보여야 할 두 남자의 모습은 보이
지 않았고, 사일런스 셀의 한 부분에 난 구멍만 계속 생겼다
사라지기를 반복할 뿐이었다.

"아오, 기다리기 짜증 나네."

결국 인내심의 한계가 온 니드는 마법으로 사일런스 셀을
강타했다.

"뭐야?"

안에서 들린 임펠의 목소리.

누군가 갑자기 마법으로 그의 마법을 때리니 깜짝 놀란 것
이었다.

그 직후 사일런스 셀은 완전히 소멸했다.

"뭐야, 니드 교수님이었어요?"

"교수 아니래도. 누나라고 부르라고."

"······입에 영 감기질 않아서요. 아무튼, 갑자기 왜 찾아온 거예요? 그것도 클레어 학생이랑 같이."

"얘가 나한테 부탁 하나 했거든."

"부탁요?"

"응. 네가 케이한테 하는 훈련을 자기도 시켜 달래."

"호오?"

임펠은 흥미로운 눈초리로 클레어를 바라봤다.

"사랑하면 닮는다더니 배움의 욕구도 닮는 거냐, 케이? 풋 풋하구먼."

시선만 클레어에게 향할 뿐, 정작 질문의 대상은 케이다.

하지만 클레어는 난처한 표정을 지었다.

"아니, 언니······ 제가 말한 훈련은 임펠 님에게 받는 게 아니라······."

"잠깐."

니드는 표정을 갑자기 찡그리며 클레어의 말을 끊었다.

"왜요?"

"난 언니고 왜 쟤는 님이야? 엄연히 따지면 내가 쟤보다 위인데."

심술 같은 유치한 감정 때문에 이러는 게 아니다.

적어도 니드는 편한 사이라면 모두가 편하게, 불편한 사이면 다 같이 불편한 게 낫다는 생각을 가진 사람이기 때문이었다.

"아…… 자주 마주치질 않았으니 어색해서……."

임펠과 니드는 각각 케이, 클레어의 기숙사에서 은거 중이었다.

따라서 케이는 임펠과 친하지만 도리어 니드와는 서먹했고, 클레어는 임펠과 서먹한 사이였다.

"쟤를 님이라고 부를 거면 나도 님이라고 부르든가. 아니면 쟤를 오빠라고 부르든가."

"지금 그게 중요한 게 아니지 않을까요……."

"아니, 난 중요한데?"

"에휴……."

어차피 말이건 마법이건, 무엇 하나로도 이길 수 있는 상대가 아니다.

클레어는 체념한 표정으로 답했다.

"그래요. 제가 받고 싶다는 훈련은 임펠 오빠한테 받는 게 아니라, 언니한테 받는 거라고요."

니드는 의외라는 표정을 지었다.

"나한테? 딱히 배울 거 없을 텐데? 너도 빙결 마법을 사용하잖아? 근데 뭘 나한테 더 배워?"

"그게 아니라 언니가 여기로 올 때 쓴 마법을 보고 제 고정관념이 깨져서요."

클레어는 그러면서 니드가 지나갔던 그 얼음벽을 보고 느낀 점을 설명했다.

효율적인 마법.

즉 니드에게 배우고 싶은 것은 마법을 강력하게만이 아닌, 효율적으로 다루는 방법이었던 것이다.

"아, 그런 거였어? 난 또 뭐라고. 그런 거라면…… 어렵지 않지?"

"뭐야, 얘기 들어 보니까 우리가 안 끼어도 되는 거잖아. 니드 교수님, 우린 하던 거 마저 해도 되죠?"

임펠은 현재 상당히 흥분된 상태다.

사일런스 셀 안에서 케이가 보여 준 모습을 보고 의욕이 완벽하게 차올라서였다.

"누나라고 부르면 허락하지."

"……그렇게 누나 소리가 듣고 싶으세요?"

"설명하면 긴데, 입 아프고 귀찮으니까 그냥 그렇다고 할 게."

"알겠습니다, 누나."

임펠의 답은 '옜다.'란 뉘앙스가 강했다.

"자, 그럼 난 클레어랑 따로 오붓한 시간을 보내지."

만족할 만한 답을 들은 니드가 클레어를 데리고 클레어의 기숙사로 돌아가려고 한 그때.

임펠은 클레어를 보며 무언가를 깊게 고민하더니, 다급하게 니드를 불러 세웠다.

"니드 누나, 갑자기 실험하고 싶은 게 생겼는데, 클레어

좀 잠깐 빌려주실 수 있나요?"

"뭐 하려고?"

"케이한테 했던 걸 그대로 클레어한테도 하려고요."

"네? 미쳤습니까? 클레어한테도 그런 무자비한 짓을 하겠다는 거예요, 지금?"

그런데 도리어 케이가 버럭 화를 냈다.

클레어는 안에서 도대체 어떤 무자비한 짓을 당했기에 저런 반응인가 싶었다.

"시끄러워, 자식아. 네가 가진 재능을 발견하긴 했지만, 확신은 없는 상태야. 확신을 갖기 위해선 다른 학생을 상대로도 실험이 필요해."

과연 정말 케이가 감지하는 쪽이 타고난 건지.

아니면 본교의 학생들이 평균적으로 할 수 있는 것인지.

이것을 비교하기 위한 실험이었다.

당연히, 클레어는 둘이 무슨 말을 하고 있는지 알 도리가 없었다.

"클레어."

니드가 나긋하게 그녀를 불렀다.

"네, 언니."

"뭐…… 그렇다는데, 어때? 괜찮아?"

"으음…… ."

클레어의 고민은 아주 잠시.

자신 있는 표정을 지으며 고개를 끄덕였다.

"네. 괜찮아요. 그리고 저도 궁금하기도 했어요."

"클레어!"

하지만 케이는 끝까지 만류하고 싶었다.

다급하게 클레어의 바로 앞까지 뛰어와서는 그녀의 어깨를 붙잡고 고개를 도리도리 저었다.

지금이라도 하지 않겠다고, 어서 번복하라는 무언의 메시지다.

"어이, 클레어 남친? 어른들 앞에서 애정 행각 적당히 하고."

쩌저적!

가만히 있을 니드가 아니다.

클레어와 케이 사이에 작은 얼음벽을 만들면서, 둘을 떨어트렸다.

"네 여친이 하고 싶다는데 왜 말려, 응원은 못 해 줄망정? 하여간 어둠 원소사라는 것들은 낭만이 없어요, 낭만이."

"그런 게 아니라 진짜 위험해요. 누나도 아실 거 아니에요?"

"그래서 뭐? 이런 걸 지금 겪지 않으면 언제 겪을 건데? 아무리 너희를 전투에 투입시키지 않는다곤 했지만, 그게 정말 지켜질 것 같아? 정말 손이 모자라면 너희도 전투에 나서야 해. 그러니 지금 가혹하게 겪는 게 낫지 않냐?"

니드는 전형적인 맹수들의 교육법을 가지고 있었다.

새끼를 낳으면 애지중지 키우는 게 아닌, 절벽에서 밀고 다시 올라온 강한 새끼만 거두는 방식.

니드도 그렇게 자라 왔기에 그런 확고한 교육 방침을 가지고 있었다.

현실적인 말에 케이의 입은 꾹 달혔다.

"그렇게 걱정이면 너희 둘이 같이 들어가든가. 임펠, 가능하지?"

"쉽죠."

"마침 재밌는 방식이 생각나는데? 이렇게 하자."

니드는 그 짧은 순간에 어떠한 규칙이 떠오른 듯했다.

자신이 생각해 내고도 얼마나 마음에 들었는지 표정이 상당히 흐뭇했다.

"임펠."

"네, 니드 누나."

"나도 관전할 수 있게 해 줘. 가능하지?"

"물론입죠. 말이라고 합니까?"

"자, 그럼 됐고. 너희 둘은 같이 임펠의 사일런스 셀에 들어가는 거야. 단, 조건이 있어. 서로 도와주는 거 절대 없다고 약속해."

"돕지 말라는 건…… 무슨 뜻이죠?"

사일런스 셀의 효과를 말로만 들었지, 직접 경험하지 못한 클레어의 의문이었다.

"넌 몰라도 돼, 케이가 무슨 말인지 알 거니까. 케이, 어 때? 지킬 수 있는 약속이야?"

"……그러면 같이 들어가는 이유가 있나요? 전 모르겠는 데."

"너한테 의도까지 설명할 필요 없으니까 예, 아니요로만 답해."

니드는 이 순간만큼은 폭군처럼 강압적으로 변했다.

시시껄렁한 농담으로 시간을 지체하지 말라는 뜻도 내포된 말이다.

"케이, 알겠다고 해."

클레어가 그의 팔을 툭 치면서 권했다.

아무리 위험하다곤 하지만, 클레어도 직접 느껴 보고 싶은 마음이 더 컸다.

클레어와 한참이나 눈을 마주하던 케이는 결국 고개를 끄덕였다.

"알겠습니다."

"오케이, 결정됐네. 임펠. 사일런스 셀 안에서 저 둘이 서로는 볼 수 있게 조정하는 것도 가능하지?"

"말해 뭐 합니까. 바로 시작할까요?"

"고우."

그렇게 4층 어느 한 기숙사에서 새로운 실험이 시작된 순간이다.

⁂

레지는 선술집 바닥 청소를 하는 중이다.

여느 때와 똑같은 형식적인 청소.

물을 잔뜩 머금은 대걸레로 바닥을 쓱쓱 밀기만 하면 되는 간단한 청소였다.

하지만 요즘 들어 그의 신경은 완전히 다른 곳을 향했으니, 바로 출입문 쪽이다.

아련하고도 애처로운 눈빛으로 늘 출입문만 바라보며 청소를 하고 있었다.

"또 저런다. 또."

바이스가 그의 시선을 지적했다.

"그 양반이 궁금해서 그래?"

약 6개월 전, 이곳에 왔던 대검사 오리안트 가렌트를 말하는 것이다.

레지도 이미 바이스에게 들어서 안다.

에타르 님은 정체를 오픈하고 그의 생각이 무엇인지 정확히 알아보라는 지시를 내렸지만, 얼마 지나지 않아 아르키스 에이머 님의 새로운 지시가 떨어졌다.

정체를 계속 숨기고 있으라는 이해할 수 없는 지시.

왜 그런 지시를 내렸는지 아르키스 에이머는 설명하지 않았다.

그렇다고 의문이나 토를 달 수도 없는 노릇.

더군다나 가렌트와 아르키스 님은 서로 친분이 있는 사이가 아니던가?

그래서 더더욱 궁금했다.

왜 검사가 갑자기 마법사를 찾는 것이며, 친분이 있는데도 아르키스 님은 정체를 숨기라고 한 것인지.

한 번 더 보고 싶었다.

오리안트 가렌트란 대검사를.

그렇다고 아르키스 님의 지시를 거역할 생각은 추호도 없다.

아르키스 님은 정체를 숨기라고 했다.

그러면서 레지가 문득 든 생각.

'정체만 숨기고 그 대검사가 무슨 사정을 가지고 있는지 알아내면 되잖아?'

알아낼 생각도 하지 말라는 지시는 없었으니까.

이렇게 호기심으로 가득한 이유도 검사와 마법사는 서로 단절된 세력인데 합해지려는 조짐이 보이는 게 신기해서였다.

그런데 무슨 일일까?

오리안트 가렌트는 그 뒤로 모습도 보이지 않았다.

어떤 사정이 있길래 6개월이 넘도록 모습을 보이지 않는 걸까?

이젠 그 이유가 궁금해졌다.

"후우, 하늘 참…… 불안하게도 생겼네. 저건 왜 저러는 걸까?"

어느덧 바이스가 레지의 옆으로 와, 창문을 바라봤다.

창문 밖으로 보이는 밑의 세계의 하늘.

약 3개월 전이었을까.

밑의 세계의 하늘이 이상하게 변했다.

하늘 한 부분에 멍이라도 든 것처럼, 새까만 구멍이 생겼기 때문이다.

"본교에서 무슨 일이 일어나긴 일어나나 보다."

바이스는 바로 저 검은 부분이 마법 사회가 있는 위의 세계라고 설명했다.

보고 있으면 불길한 마음만 가득 생기는 하늘의 형체다.

"에타르 님한테 여쭤보시지 그래요."

"계획이 차근차근 진행되는데 굳이 우리가 알고 싶다고 불필요한 연락을 할 필요는 없지. 아까 연락이 오긴 왔어. 6층에 무사히 안착하셨단다."

"6층이라……. 곧 시작이겠네요."

"저 검은색, 왜 저러는지 알아?"

"타일런트 때문 아닌가요?"

"아니야."

"……그럼요?"

"사일러드 그 마법사의 영향이지."

바이스는 사일러드가 활동했던 시대에 산 마법사는 아니다.

하지만 사일러드가 본교에 갇히고 나서, 본교의 외관이나 하늘이 전부 검게 물들기 시작할 때부터 살았다.

그래서 그것이 왜 그런지도 안다.

사일러드가 가진 힘을 봉인하는 봉인석 때문이라는 것을.

그런데 밑의 세계의 하늘까지 이럴 정도라면 바이스도 짐작은 하고 있는 중이다.

사일러드가 가진 그 막강하고도 방대한 힘 대부분을 봉인석이 흡수했다.

그럼에도 봉인석조차도 제대로 억누를 수 없을 정도의 마력을 가진 그이기에, 영향력이 이제 밑의 세계까지 흘러내려왔다는 것을.

때마침 아르키스 님과 에타르 님도 6층에 안착.

정말 곧 있으면 반격의 서막이 열린다는 신호다.

"그러니까 가렌트 그 양반에 대한 호기심은 죽이고, 우리 앞날이나 걱정하자고."

바이스는 레지의 어깨를 토닥였다.

그때 문득 레지의 머릿속에 한 가지 생각이 스쳤다.

"혹시 가렌트 그 대검사가 오지 않은 이유가 저것과 연관이 있을까요?"

가렌트가 홀연히 모습을 감춘 시기와 하늘에 이상 징후가 나타나는 시기가 묘하게 일치했기 때문이다.

"그럴 리가 있어? 마법 사회에서 일어나는 일은 우리 마법사에게만 국한된 일이야. 그 양반은 상관없는 일이지."

"대검사도 꼭대기에서 똑같이 봉인석을 지킨다면서요? 어떻게 무관한 일이에요?"

"그건 단순한 안전장치이자 투사체에 불과해. 그 증거로 사일러드가 탈출을 꾀할 때, 검사 학교에선 제단이란 게 안 생기잖아. 즉, 피해는 고스란히 마법사만 보는 거니까 무관하다고 봐도 되지."

"아…… 그렇긴 하지만……."

"어차피 대검사가 건재하는 한, 사일러드의 봉인은 깨지지 않을 거고. 괜히 끌어들이는 것보다 우리끼리 해결할 수 있을 때 조용히 해결하는 게 좋지. 사일러드의 봉인을 온전히 유지하되, 타일런트만 없애면 되니까."

바이스는 이제 신경 끄라는 투로 답하고, 지하실로 내려갔다.

"……흠."

하지만 집착을 버리지 못한 레지는 하늘에서 눈을 떼지 못했다.

이상하게 저 하늘을 바라보는데도 자꾸 오리안트 가렌트
가 떠올랐다.

"가주님 말씀이 맞겠지."

그렇게 레지는 스스로를 설득하며 불안감을 지우려 노력
했다.

오리안트 가렌트는 퀼트의 집에 왔다.

"……."

하지만 그의 손에는 퀼트가 좋아하는 쿠키는 없었다.

퀼트가 늘 앉아 있던 테이블.

그러나 이제 그녀의 모습은 없다.

퀼트는 6개월 전에 세상을 떠났기 때문이다.

예고도 없이 갑작스럽게 찾아온 그녀의 죽음.

이미 나이가 지긋하게 들어, 언제 떠나도 이상하지 않았지
만, 시기가 참으로 이상했다.

그녀가 떠나고 얼마 지나지 않아 밑의 세계의 하늘이 검게
변한 것이었다.

가렌트는 퀼트가 없는 테이블만 멍하니 바라봤다.

테이블엔 가렌트가 이곳을 들를 때마다 가지고 온 쿠키를
담은 작은 바구니가 있었다.

쿠키를 그렇게 좋아하는 퀼트가 미처 다 먹지 못하고 남긴 유산과 같았다.

바구니 옆엔 그림이 하나 있었다.

퀼트가 죽기 직전에 그린 마지막 그림이었다.

그림에 사람은 없고 땅과 하늘만 있었다.

그러나 특이한 점은, 땅과 하늘의 차이가 손이 닿을 정도로 가깝다는 것이었다.

그림 밑에는 퀼트의 자필이 남겨져 있었다.

시로 느껴지는 퀼트가 남긴 유서와 같았다.

　하늘은 무너지고 흑백이 주를 이루니, 체스판과 같구나. 결국, 판을 장악하는 것은 흑일까, 백일까. 그것은 부덕한 나 따위에게 허락된 시야가 아니구나.

상당히 장황한 글귀다. 물론, 뜻을 풀이할 수도 없는 수준이다.

"하늘이 무너진다라……."

이것도 분명히 예언이니라.

가렌트는 그간 퀼트가 남겼던 나머지 두 종류의 그림을 테이블에 펼쳤다.

처음에 받은 그림은 후드형 로브를 뒤집어쓴 사내들 몇 명과 그들 위에 뜬 보름달.

마법사들을 표현한 그림이다.

그리고 마법사들과 대치하는 검사의 옷과 검으로 무장한 사내들.

그들 머리 위에 뜬 태양.

"제 세상을 등진 사제들……."

그 당시 퀼트가 남긴 말이다.

"……어? 잠깐만."

가렌트는 첫 번째 그림을 유심히 살폈다.

서로 다른 두 세력의 시선이 맞닿는 곳.

바로 하늘이었다.

태양도 달도 없는 빈자리의 하늘을 두 세력이 일제히 바라본 모습을 표현한 그림이다.

겉보기엔 이 그림의 주제는 사제들이지만, 사실은 하늘이었다.

그리고 두 번째 그림을 살폈다.

하늘에 뜬 무수히 많은 구름.

"하늘은 하얀색……."

그 당시 퀼트가 이 그림을 그리며 미친 듯이 중얼거렸던 말이다.

두 번째 그림도 주제가 하늘.

그리고 그녀가 죽기 직전 남긴 그림도 하늘.

세 그림의 주제는 공통적으로 하늘이었다.

하늘을 주제로 예언을 했던 그녀가 죽고 나서 밑의 세계의 하늘엔 바로 이상 현상이 찾아왔으니, 가렌트도 심각하게 느껴졌다.

"그런데 할멈…… 분명히 이 두 번째 그림을 그릴 땐 하늘은 사라지지 않는다면서요. 그러면서 갑자기 세 번째 그림에선 무너진다니. 이게 무슨 모순적인 말이야…….'

하지만 이 뜻을 풀이해 줄 수 있는 퀼트는 더는 이 세상에 없다.

가렌트가 모든 것을 해석했어야 하지만, 마법사만큼 두뇌 회전이 좋지 않은 그는 지끈거리는 두통에 휩싸였다.

"미치겠네. 도대체 어떤 예언을 한 거냐고…….'

가렌트는 평소 퀼트가 자리했던 그 자리에 앉았다.

그리곤 머리를 쥐어뜯으며 한껏 고민하기 시작한 그때.

그의 시선에 무언가가 보였다.

"이건…….'

세 번째 그림 밑에 글이 적혀 있던 것이다.

　무너지는 것은 사라지는 게 아니다. 무너지면 다시 세울 수 있다. 고로, 여전히 존재하는 것이다. 잠시 보이지 않는 것뿐이다. 잠시 무너진 하늘은 다시 떠오를 예정이다.

"할멈……?"

글이 적힌 부분을 보니, 본래 세 번째 그림에 쓰려고 했지만, 공간이 부족해 테이블에 쓴 것으로 보였다.

하지만 가렌트가 그림에 대해서 고민할 때 타이밍이 딱 좋게 보였으니, 마치 퀼트가 영혼이 되어 고민하는 가렌트에게 슬쩍 답을 알려 준 것처럼 느껴졌다.

"무너진 건 사라진 게 아니다라……."

과연 그 하늘이 무너지는 시기가 언제란 말인가.

실제로 현재 밑의 세계의 하늘은 이상하게 변했으니, 무너지는 것도 곧이라고 느껴졌다.

하늘이 무너지는 것은 검사인 자신이 막을 수 있는 게 아니다.

"할멈. 하늘이 무너질 때, 난 뭘 해야 하는 걸까?"

가렌트는 이것도 퀼트가 알려 줬으면 좋겠다는 소망을 품고 중얼거렸다.

하지만 당연하게도.

돌아오는 답은 없었다.

클레어는 케이와 손을 꼭 붙잡고, 임펠의 사일런스 셀 안에 들어왔다.

처음 겪는 공간 왜곡 마법의 위력.

주위에 그저 어둠이 깔렸을 뿐인데, 마음이 극도로 불안하고 부정적이게 변했다.

이는 절대 기분 탓이 아닌, 실제 그녀의 심정이 그렇게 변하고 있다는 뜻이었다.

"클레어, 겁먹지 마."

케이의 응원이 끝나자마자 어둠 속에서 임펠의 목소리가 들렸다.

"시작한다. 둘이 손 떼."

어디에서도 말하는지 모를 정도로 목소리가 크고 여기저기에서 울려 댔다.

클레어가 케이의 손을 놓은 그 순간이었다.

푸욱!

"윽······!"

날카로운 무언가에 찔린 느낌이 들었다.

시선을 내려보니, 팔 한쪽에 선명한 피가 흘러내리는 중이다.

공격이 다가오고 있는 것도 느끼지 못했는데, 보기 좋게 당한 것이다.

"본래 사일런스 셀에선 그런 통증도 못 느껴. 넌 처음이니까 배려해 준 거야."

그리고 이어진 임펠의 설명.

배려해 준 것이라곤 하지만 전혀 기쁘지 않았다.

오히려 분했다.

'나 이렇게 약한 거였구나…….'

시선을 옆으로 돌려, 케이를 바라봤다.

케이의 몸은 멀쩡했다.

그리고 그 직후 또다시.

푸욱!

느끼지도 못한 공격을 맞았다.

팔엔 새로운 피 한 줄기가 흘렀다.

클레어는 케이에게 시선을 고정한 채였다.

케이는 왜 다치지 않았는지 알 수 있었다.

자신은 느끼지 못한 공격을, 케이는 정확히 어디로 오는 것인지 알아차리고 방어한 것이다.

'……그렇구나. 케이는 이런 쪽에 재능이 확실한 거구나. 그럼 내 재능은 뭐지?'

클레어는 계속 생각했다.

자신도 재능이 있으니 본교에 올 수 있었다.

재능이 없었으면 아예 넘보지도 못할 산이었던 본교.

1층을 졸업하고, 2층에서도 제단만 제대로 열렸으면 바로 3층으로 향할 수 있는 실력을 가진 원동력.

그 재능이 무엇일까, 혼자서 머리를 열심히 굴리며 생각했다.

푸욱!

푸욱!

그녀가 생각을 지속할 때마다 임펠은 그녀를 공격하며 괴롭혔지만, 클레어는 신경 쓰지 않았다.

'어차피 나 안 죽일 거잖아. 부상 따위, 치료하면 그만이야.'

지금 부상이 중요한 게 아니다.

가장 중요한 것은 케이처럼 그녀 자신이 가진, 남들과는 다른 독보적인 재능의 영역이 무엇인지 깨닫는 것이다.

푸부북!

이젠 수많은 가시에 찔린 느낌이 났다.

여기저기 출혈이 솟구치는데도 아랑곳하지 않았다.

그녀의 집중력은 흐트러질 줄을 몰랐다.

"임펠, 중단해 봐."

클레어의 모습을 본 니드가 둘에겐 들리지 않도록, 조용히 말했다.

"클레어 저 계집애, 물건이잖아?"

클레어에게서도 재능의 분야를 발견한 니드다.

신중한 선택

임펠이 사일런스 셀을 거두고, 니드는 그녀의 손목을 덥석 붙잡았다.

"아야!"

하지만 이미 임펠의 공격 전부를 받아서 부상을 당한 상태에 화끈한 고통이 느껴지자 외마디 비명을 내질렀다.

"야! 아파할 시간 없어! 발견했을 때 바로 시작해야 해!"

그러나 그녀의 부상 따위는 니드에겐 안중에도 없었다.

지금 시급한 것은 발견한 재능을 완전히 개화시키는 것이다.

어차피 부상은 잠깐이다. 당장 죽을 정도도 아니고, 자연 치유로 충분히 나을 수 있는 수준이었다.

"……저기, 치료하고 나서 해도 늦지 않지 않나요."

클레어의 상태가 걱정된 케이가 넌지시 물었지만.

"또, 또. 생각 없는 소리 한다. 이 상태로 갑자기 양호실 가면 드라코 애들이 이상하게 생각 안 하겠냐?"

그 말도 맞다.

제단이 열리지도 않아서 학생들 경쟁은 이미 사라진 지 오래인데 갑자기 부상을 당했다?

게다가 두 사람이 연인 관계인 것은 2층 모두가 다 안다.

그런데 케이가 갑자기 클레어를 공격했다?

말도 안 되는 소리다.

"어차피 임펠이 힘 조절하면서 때린 거라 죽진 않아."

남의 일이라고 너무 편하게 말하는 감이 없지 않아 있지만, 사실 냉정히 보자면 틀린 것도 아니었다.

"그럼! 사내놈들 둘이 또 오붓한 시간 보내고! 가자! 클레어!"

니드는 한껏 상기된 목소리로 그녀를 끌고 기숙사로 돌아갔다.

"……도대체 뭘 봤길래 저런 반응일까요? 알 수가 없네."

당혹스러운 케이와 달리.

"그래? 난 알 것 같은데."

임펠도 흡족한 표정으로 답했다.

아마도 니드가 본 것이 임펠의 눈에도 정확히 보인 것이리라.

"……보인 게 있으면 알려 주시죠. 궁금한데."

"벌써 알려 주면 재미없잖아. 나중에 멋지게 개화하고 나서 봐도 안 늦어. 우리는 마저 하자."

임펠도 억지로 케이의 신경을 끊었다.

클레어의 기숙사로 돌아오자마자 니드는 그녀의 기숙사에 사일런스 셀을 구현했다.

사일런스 셀이란 건 어둠 원소 마법에만 있는 게 아니다.

모든 원소 마법이 그렇듯이, 존재하는 원소 마법은 모든 원소가 사용할 수 있다.

그저 임펠의 사일런스 셀이 검정색이라면, 니드의 사일런스 셀은 얼음으로 이루어진 것의 차이다.

물론, 효과의 차이도 조금씩 있다.

임펠은 어둠 원소사이기에 감각을 앗아 가지만, 니드의 사일런스 셀은 빙결 마법 사용자이기에 극한의 한기를 느껴 감각이 둔화되는 차이다.

"……저기, 언니?"

하지만 니드의 의도를 모르는 클레어는 몸을 으슬으슬 떨며 보이지도 않는 니드를 불렀다.

"시끄럽고. 내가 임펠이 했던 거 똑같이 할 거니까. 너 아까 안에서 했던 거 그대로 해 봐."

"안에서 했던 거요?"

"어. 그거면 돼. 참고로 난 임펠보다 조금 더 세게 때릴 거니까, 어금니라도 물고 준비하는 게 좋다?"

이젠 협박으로 들리기까지 했다.

"저, 저기 잠깐만요…… 저 준비가 아직…… 꺄악!"

클레어의 만류는 무시하고 니드는 빙결 마법으로 그녀를 공격했다.

"적은 우리를 동정하고 헤아리지 않아. 난 지금 이 순간 너의 적이야. 그것만 생각해."

냉철하게 변한 목소리.

그녀는 진심이었다.

그렇게 클레어를 향한 강도 높은 무차별적인 공격이 시작되었다.

니드의 마법을 온몸으로 받는 와중에, 클레어는 하나만 생각했다.

'내 재능…… 내 재능…….'

임펠의 사일런스 셀 안에서 생각했던 것들을 니드의 사일런스 셀 안에서도 재현 중이다.

쩌적!

퍼벅!

이미 몸은 만신창이다.

니드의 빙결 마법을 하나도 방어하지 않고 몸으로 받아 내는 탓에 그녀의 피부는 파랗게 질려 갔다.

동상이 찾아오고, 그로 인한 쓰라림도 가득했지만 집중력은 절대 흐트러지지 않았다.

클레어가 계속 재능만을 생각하던 그때.

쩌저적!

그녀의 머리 위에 얼음으로 이루어진 작은 구름이 생성되었다.

'그래, 그거야. 그런데 아직 부족해.'

클레어의 모습을 지켜보면서 공격 중인 니드였다.

분명히 몸 전체가 한기로 뒤덮여 으슬으슬 떨리고 쓰라릴 텐데, 견디는 것도 모자라 그 속에서 자신의 마법이 튀어나온 거다.

'상태를 보아하니…… 의도한 게 아닌 거 같은데? 무의식 중에 나온 마법인가?'

그런 마법사들이 가끔 있다.

자신은 마법을 구현할 생각이 없는데 생각에 푹 빠지다 보면 자신도 모르게 마법이 나오는 마법사.

클레어가 딱 그런 유형이다.

클레어로 인해 만들어진 얼음 구름에선 고드름 소나기가 쏟아지기 시작했다.

고드름 소나기들은 흩날리는 땅으로 수직 낙하하는 게 아닌, 흩날리는 꽃잎들처럼 여기저기를 향해 뻗어 나갔다.

그리고 니드의 사일런스 셀을 직접 때리며 빈틈을 만들기 시작했다.

'오호라……?'

니드는 오히려 더 강한 빙결 마법 하나를 구사했다.

바로 서릿발.

클레어의 몸체 전부를 얼음으로 만들어 버릴 생각이었다.

쩌저적!

얼음 기둥이 솟아 클레어의 몸을 덮쳤는데도 클레어의 표정엔 변화가 없었다.

그저 눈을 지그시 감고, 계속 무언가를 생각하고만 있었다.

그런데 니드가 생각지도 못한 현상이 일어났다.

바로 니드의 서릿발에도 빈틈이 생긴 것이다.

짜자작-!

이윽고 소름 끼치는 소리를 내며 부서진 서릿발.

그 조각들은 다시 흩날리는 꽃잎처럼 다방면으로 흩어졌고, 니드의 사일런스 셀을 직접 때리기 시작했다.

'뭐야……? 저게 가능해? 지금 내 마법이 먹힌 거야?'

같은 빙결 마법을 사용하기에 그런 걸까.

분명히 니드의 마법이 클레어에게 완전히 먹혔고, 클레어의 소유가 된 현상이다.

이것은 같은 원소사끼리의 싸움에서 종종 일어나는 일이다.

상대의 역량이 나보다 높으면 절대 이길 수 없다.

지금처럼 저렇게 먹혀 버리니까.

결국, 니드의 사일런스 셀은 얼마 버티지 못하고 그대로 깨졌다.

"야! 클레어!"

사일런스 셀이 걷히고 난 뒤, 니드는 그녀를 와락 안았다.

"아악!"

하지만 동상에 걸린 몸.

클레어는 화끈거리는 고통에 다시 비명을 내질렀다.

"장하다! 장해! 이 기지배! 나보다 훨씬 강한 마법사일 줄은 꿈에도 생각 못 했다! 어이구, 예뻐 죽겠어!"

"……네?"

그러나 클레어는 니드의 말을 이해할 수 없었다.

누가 보더라도 니드가 훨씬 강한 마법사인데, 무슨 근거로 이런 말을 하는지 이해할 수 없었기 때문이다.

"제가 언니보다 강하다뇨…….."

"넌 여태껏 네 재능이 뭔지도 몰랐구나?"

"제 재능이…… 뭔데요?"

"으음. 결국, 이 문제가 남은 건가."

그 말에 니드는 영문 모르는 표정을 지은 클레어를 놓아주고, 근심에 가득 찬 표정을 지었다.

"네 재능은 집중력이 비정상적으로 뛰어나. 그런 유의 마법사는 지속 마법에 특출 난 모습을 보이거든? 아까 내 사일런스 셀 안에서 사용한 마법, 그거 블리자드잖아?"

"……저 블리자드 썼어요?"

'역시, 자각 못 하는 건가. 잠재력이 대신 구현해 준 건가.'

이런 마법사, 생각 외로 많다.

자각하지 못한 사이 잠재력이 대신 마법을 구현해 주는 것.

그렇기에 상당히 재능 있는 부류에 속한다.

그 잠재력을 온전히 자신의 힘으로 만들 수만 있다면 분명 위협적인 마법사가 될 것이기 때문이다.

하지만 잠재력을 완전히 끌어내지 못한다면, 재능은 다분하지만 각성을 제대로 못 해 묻혀 버릴 수 있어 세심한 훈련이 필요하다.

"응. 썼어. 그리고 걱정 마. 이 언니가 있으니까 잠재력을 끌어낼 수 있어."

대신 니드는 확신에 찬 격려만 남겼다.

잠재력을 끌어내는 데에 실패한다면 정말 이도 저도 아닌 마법사란 말을 군이 할 필요가 없기 때문이다.

"그런데 제가 집중력이 좋다고요? 그래서 지속 마법에 재능이 있고? 그럴 리가 없는데?"

클레어는 여전히 의문이 떠나지 않았다.

"왜 그러는데? 무슨 일이 있었어?"

"아르텔…… 아니, 아르키스 님이 2층에 계실 때 블리자드로 맞선 적이 있거든요. 근데 오래 유지 못 해서 바로 졌는데……?"

"그건 상대가 너무 강해서가 아닐까?"

"아니에요. 정말 바로 집중력이 깨졌어요. 그게 유지력이 없어서 그런 거 아니에요?"

"아니야."

하지만 문제가 뭔지 잘 아는 니드.

환하게 웃으며 고개를 저었다.

"넌 무의식중에 재능이 나온다니까? 그 무의식에서 잠재력을 끌어내기만 하면 되는 문제야! 그때 무의식 상태였어?"

"……어어."

클레어는 잠시 그때를 회상했다.

확실히 그땐 무의식이 아니었다.

오히려 오기로 가득한 상태였지.

이제 막 1층에서 올라온 신입생 따위에게 뒤처질 수 없다는 생각과 자존심으로 약만 잔뜩 올랐으니까.

"아니요. 조금 흥분한 상태라……."

"그래! 그래서 그렇다고! 이제 고칠 수 있어! 이 언니가 도와줄게! 너도 역시 재능은 완벽한 학생이었구나?"

니드는 자신의 일처럼 기뻐했다.

보통 다른 사람이 자신보다 뛰어난 재능을 보이면 질투하는 시기가 먼저 생기기 마련이다.

그것이 클레어가 본교 2층까지 오면서 본 마법사들의 본성이었으니까.

그렇기에 같은 마법사라고 하더라도 케이를 제외하곤 그다지 가깝게 둘 생각도 안 했었다.

하지만 그런 고정관념을 깬 마법사. 니드.

그녀는 진심으로 자신의 일처럼 기뻐하는 모습이었다.

클레어는 벅찬 감동을 느꼈다.

"……감사해요, 언니."

"이제 빡세게 굴릴 거니까 그런 말 쏙 들어갈 거다. 몸 좀 회복하고! 바로 특훈 시작! 어때?"

"알겠습니다!"

명랑하게 답한 그 순간, 클레어는 다시 소리조차 제대로 낼 수 없는 고통에 휩싸였다.

무의식에서 의식으로 넘어오자 몸이 괴롭다며 발버둥 치기 시작한 거다.

"어억……!"

"쉬자! 얼른 쉬자!"

니드는 다급하게 이불을 싸 들고 와 클레어의 몸에 덮었다.

불 원소사가 없으니 이렇게라도 체온을 올리는 응급조치
다.

🐝

6층에 입학한 지 어느덧 한 달이나 지났다.

우리의 수업은 늘 똑같았다.

셔먼이 진행하는 보주화와 비전력 수업.

밴시는 자격이 박탈되면서 기숙사에 홀로 박혀 내게 에드
분교에서 받은 숙제인 유나이티드만 연습했다.

그러나 진전은 없었다.

난 그런 밴시를 위로와 격려도 하지도 않았다.

그냥 이대로 밴시는 일선에서 빠지고, 꼭대기를 생각에서
지웠으면 하면 마음이 가장 컸기 때문이다.

이제 곧 올라갈 꼭대기는 피바람만으로 가득한 전쟁터가
될 것이다.

그 속에서 나도 밴시를 신경 쓰고 보호해 줄 겨를이 없으
니 차라리 눈에 보이지 않는 게 옳다고 생각한 것이었다.

그리고 수업에 들어가기 직전, 모브가 울렸다.

에타르와 나만 연결된 모브다.

-아르키스 님! 기쁜 소식입니다!

온 건 메시지인데, 눈으로 보자니 그의 목소리가 훤히 들리는 듯했다.

-뭔데 이렇게 흥분했어?
-저희 준비 다 됐습니다! 바로 시작해도 될 정도입니다!

이거 듣던 중 반가운 소리다.
에타르가 인생 전부를 바쳐 설계한 반격.
그리고 난 내 목숨을 잠재운 것에 대한 복수.
그 역사적인 날이 바로 눈앞, 아니 코앞까지 다가온 순간이다.

-그래? 드디어 때가 온 건가?
-오늘 바로 시작하실 겁니까?
-그래, 그러자. 오래 끌 거 뭐 있어? 이 지긋지긋한 거짓된 세상, 진실로 바꿔 보자.
-그럼, 저희도 마음의 준비를 하고 있겠습니다.
-오냐, 오늘만 불태우자. 그럼 내일부턴 근심과 걱정이 없는 세상이야.

드디어 고대하던 날이 다가오니 나도 감정을 제대로 주체하지 못할 정도로 흥분되었다.

'나 간다. 타일런트.'

이제 곧 만나자.

☙

수업을 위해 들어선 교실.

난 묵묵히 자리에 앉았다.

그리고 나머지 학생들과 셔먼이 오길 기다렸다.

짧은 시간인데도 좀처럼 마음이 평온한 상태가 되지 않았다.

나도 그렇고 에타르도 그렇고.

그토록 고대하고 치밀하게 계획했던 끝자락이 다가오면서 심리적으로 상당히 흥분한 상태였던 것이다.

생전 떨려 본 적 없는 다리도 절로 떨렸다.

'얼른 와라. 얼른.'

셔먼이 오기만을 기다리는 중이다.

셔먼이 이곳 교실로 와서 보주화 수업을 진행할 것이고, 실습도 진행할 예정이다.

그 실습 때 온전한 새빨갛고도 거대한 보주화를 띄울 생각이다.

이 교실은 물론, 6층 전부를 불태우고도 남을 만한 보주화를.

그러나 조금 걸리는 부분이 있었다.

바로 다른 학생들.

키에나, 헤이, 쿠로, 테슬라. 이 네 명이었다.

수업이 진행되면서 넷의 발전은 정말 눈에 띌 정도로 눈부셨다.

현재 유사한 형태의 보주화 구현이 가능하다는 것.

특히 헤이와 키에나가 더욱 눈부셨다.

더군다나 그 둘은 에드 분교 3클래스에서 무의식적인 모습을 보인 적이 있지 않던가?

헤이가 제일 경계되었다.

그가 수업에서 보였던 보주화는 완성형에 제일 가까웠으니까.

더군다나 나랑 똑같은 불과 어둠의 더블 캐스터.

헤이의 보주화는 정확히 반반으로 어둠과 불이 공존했다.

에드 분교 3클래스에서 보였던 그 무의식의 모습을 온전히 자신의 것으로 습득한 것 같은 모습이다.

그렇게 드디어 셔먼이 교실로 들어선 순간이다.

그가 들어서면서 아직 도착하지 않은 키에나, 헤이, 테슬라, 쿠로가 서로 약속이라도 한 듯이 동시에 교실로 들어왔다.

"앉아."

여느 때와 마찬가지로 형식적인 수업을 진행하려던 그때.

키에나가 셔먼 앞으로 다가갔다.

"뭐지, 키에나 학생?"

쿠구구구궁-!

키에나는 대답은 생략하고 마법 하나만 보였다.

난 그녀의 마법을 보고 기겁했다.

'어떻게 된 일이야……? 하루아침에 저게 가능해?'

군더더기 없는, 완벽한 어둠 원소의 보주화다.

크기 조절도 하지 않고, 구현할 수 있는 최대 크기를 해서 그런지 교실 천장이 조금 뚫릴 정도였다.

"후후후."

동시에 셔먼은 흡족한 미소를 흘렸다.

"호오? 키에나 학생이 어제까진 이런 모습이 아니었는데. 하루아침에 이게 가능한가?"

"더블 캐스터도 하루아침에 됐는데 이거라고 안 될까요?"

그녀는 당당하게 답했다.

표정은 늘 그렇듯이 무뚝뚝하고 차가운 표정이었다.

키에나를 시작으로 책상에 앉아 있던 다른 학생들도 약속이라도 한 듯, 일제히 보주화를 띄우는 진풍경이 그려졌다.

불과 어둠의 보주화.

바람과 어둠의 보주화.

그리고 물과 어둠까지.

키에나는 소환사와 어둠 원소사인 더블 캐스터이기에 그

녀의 보주화만 단색이었다.

"하하하하!"

셔먼은 여태껏 수업을 진행하면서 한 번도 보인 적 없는 호탕한 웃음을 보였다.

얼마나 기쁜지 진심에서 나온 손뼉까지 치면서다.

"훌륭하다, 훌륭해. 그런데 말이야, 비전력은 할 수 없는 건가?"

"그건 무슨 수를 써도 안 되던데요."

키에나가 답했다.

알면서 뭘 물어보냐는 식의 제법 공격적인 말투다.

"다른 학생들도?"

셔먼이 시선을 던지며 물었다.

학생들은 이번 행동도 약속한 듯이 동시에 고개를 끄덕였다.

"뭐, 무리도 아니지. 그런데⋯⋯."

이제 그의 시선은 나에게 향했다.

"가장 기대주였던 아르텔 학생. 너는 못 하는 건가?"

난 여기에서 어떻게 행동해야 할까.

에타르는 오늘 당장 계획을 시작해도 된다고 했었다.

그런데 그의 계산 속에 빠진 일.

바로 나머지 학생들이 갑자기 보주화를 덜컥 구현해 버렸다.

이렇게 되면 다 같이 꼭대기로 향하게 되는 경우가 나온다.

본래 계획에서도 키에나와 헤이를 데리고 꼭대기로 향하는 것이 목표이긴 했지만, 지금은 조금 어긋났다.

키에나와 헤이만 보주화를 구현했으면 그러려니 하고 넘길 수 있었는데 쿠로와 테슬라는 완전히 계산 범위 밖의 일이다.

계획 수정을 위해 지금은 가만히 있어야 할까.

아니면 나도 보주화를 선보여야 할까.

지금은 오직 혼자 결단을 내려야 한다.

'에타르, 내가 무슨 선택을 하건, 괜찮은 거지? 어차피 오늘이 우리가 기다리던 그날이니까.'

에타르는 준비가 전부 끝났다고 했다.

마음의 준비도 하겠다고 했으니, 전열을 가다듬는 중이란 뜻이다.

그렇다는 것은 굳이 미룰 필요 없다는 것.

화르르륵-!

난 순수한 불 원소 보주화를 구현했다.

크기는 최대한 크게.

현재 네 명의 학생이 선보인 보주화를 전부 합해도 내가 구현한 보주화 하나에 밀릴 정도로 거대한 크기다.

그와 동시에 열기가 교실 전체를 휘감았다.

심지어 보주화에서 튄 불길로 인해 교실 일부분이 불에 타기 시작했다.

씨익.

내가 구현한 보주화의 열기는 빛을 동반하였고, 그로 인해 셔면의 얼굴로 가득했던 음영 일부가 지워졌다.

눈에 똑똑히 보였다.

지금 셔면이 입꼬리를 아주 만족스럽다는 듯이 올린 것이.

"이대로 테스트를 시작한다. 내가 한 달 전에 분명히 말했을 거야, 둠 리포졸처럼 지속 시간을 재겠다고."

이걸로 분류하겠다는 뜻이다.

그렇다는 뜻은 역시 타일런트가 사용할 수 있는 물약은 다섯 개 미만.

현재 무려 보주화를 구현할 줄 아는 재능을 가진 학생이 다섯 명이나 있다.

그런데 여기에서 또 분류를 하겠다는 건, 그만한 물약이 없다는 뜻이 아닌가?

"네 명만 뽑지. 한 명이 탈락할 때까지 테스트는 계속된다."

셔면의 말이었다.

'그렇구나. 타일런트가 사용할 수 있는 물약이 네 개였어.'

그의 말 덕분에 나도 타일런트의 현재 상황을 알 수 있게 되었다.

다섯 명 중 네 명만 뽑겠다는 게 그것 말고는 뜻하는 것이 아무것도 없으니까.

그렇게 비좁은 교실은 점점 형체가 일그러졌고, 여기저기

훼손되기 시작했다.

셔먼은 그저 흐뭇하게 우리의 보주화를 지켜볼 뿐이었다.

🜚

클레어, 케이, 임펠, 니드.

이 네 명은 한곳에 모였다.

모인 곳은 케이의 기숙사.

임펠은 위의 층에 있는 에타르로부터 연락을 받았다.

—출정.

고작 두 글자밖에 되지 않는 그 메시지.

하지만 정말 많은 것을 품은 뜻이다.

이에 따라 임펠은 2층에 있는 조각사원 전체를 모으고, 막간의 회의를 진행했다.

"오늘이 반격하는 날이야."

그는 일단 나긋한 목소리로 시작했다.

반격이란 말에 니드는 만족스러운 표정을 지었다.

"지루한 신경전. 진짜 매듭을 짓는구나."

하지만 클레어와 케이는 잔뜩 경직된 표정이었다.

마음의 준비는 늘 하고 있었지만, 실제 그날이 다가오니 긴장이 먼저 되는 게 당연했다.

"자, 클레어. 케이. 너희 둘의 임무는 2층에 있는 학생들을 한곳으로 모으고 대기하는 것."

임펠이 지시했다.

"……네? 저희도 그동안 훈련은 다 했고 전투하러 가는 게 아니에요?"

케이의 질문이다.

전투에 나서지 않을 거면, 그간 한 훈련이 의미가 없지 않냐는 뜻이다.

"꼭 전투만이 도움이 되는 건 아니라고 했어. 그리고 이게 너희의 임무 끝도 아니고. 너희가 할 일은 또 생길 거야."

"근데 왜 2층 학생들을 한곳으로 모으라는 거예요?"

궁금한 클레어가 물었다.

이 작전은 솔직히 그녀가 판단하기에 불필요하고 괜히 전력만 분산된다고 느꼈기 때문이다.

"학생들이 무슨 죄지? 죄악을 품은 건 드라코, 라믹, 미르네 이 세 가문밖에 없어. 너희도 본교로 온 이유가 뭔데? 마법사로서 성공하기 위해서가 아닌가?"

"……."

자신의 경솔함을 인정하고 클레어는 고개만 끄덕였다.

"다른 학생도 마찬가지야. 그러니 전쟁터가 될 이 본교에서 살릴 수 있는 학생들 전부를 살리고, 평화의 시대에서 마음껏 재능을 펼치도록 기회를 줘야지."

"……대단하네요."

현재 전력은 드라코 가문과도 제대로 전면전을 벌이기 힘들 정도라는 걸 전부터 들어서 알고 있다.

이런 상황에 무고한 학생들까지 살리려는 움직임을 보이니 존경심이 다 우러났다.

이렇게 따뜻하고 인정머리로 가득한 작전은 누구의 머리에서 나온 걸까?

에밋 바이스?

에드 에타르?

아니면 둘의 합작품?

어느 쪽이건 이 일이 끝나면 평생 아버지처럼 따르겠다고 결심하게 되었다.

"그럼 난 바로 밑의 세계의 바이스 어르신과 함께 본교 입구로 가야 해. 니드 누나, 얘들 맡겨도 되죠?"

"물론이지."

"왜…… 형님까지 입구로 가요? 동선 낭비 아닌가. 지금 여긴 2층인데."

"친위대장 데이먼 녀석이 올 거거든. 입구에서 맞이할 생각이야. 그럼 케이, 머리카락 좀 빌린다?"

"아, 네."

임펠은 케이의 머리카락을 조금 잘라 물약에 담았다.

꿀꺽꿀꺽 들이켜고 얼마 지나지 않아 새로운 케이가 되었다.

"자, 그럼 먼저 갑니다!"

임펠은 그렇게 니드에게 당부의 말을 남기고 먼저 기숙사를 나갔다.

비밀의 장소에 있는 그 웨이 포인트를 사용하기 위해서였다.

"우리도 슬슬 준비하자. 일단 내가 2층 교수 웝인가 뭐시기인가 하는 놈을 맡아 줄게. 너희가 학생들을 모아. 할 수 있지?"

"네."

"혼자 괜찮겠어요?"

유독 클레어는 니드를 걱정했다.

니드도 분명 강한 마법사지만, 어쨌든 웝도 무시할 마법사는 아니니까.

"괜찮아. 드라코 벌레들, 한번 죽여 봤으니까 두 번째는 더 쉽지 않을까?"

아름다운 얼굴로 살벌한 소리를 하니 클레어는 저도 모르게 겁을 먹었다.

더군다나 사람을 죽여 봤다는 말이 저렇게 자랑스럽게 나오는 게 신기할 따름이다.

"……언제 죽인 거예요?"

"예전에 분교 폐쇄할 때."

드라코 월피스를 말하는 것이지만, 클레어는 그게 누구인지 모른다.

"자, 그럼 모브로 연락이 오면 바로 시작하자. 명령이 떨어지자마자 교수를 여기로 끌어 들이자고. 그 틈에 너희는 바로 작전 시작. 간단하지?"

"네."

케이나 클레어나 둘 다 잔뜩 긴장된 마음이지만 거친 심호흡을 반복하면서 마음을 다잡았다.

"다 모였나?"

밑의 세계 선술집 지하실.

바이스도 에타르의 연락을 받고 선술집에서 은거 중인 에드 가문 마법사를 전부 모았다.

"드디어 우리가 대외적으로 활동할 수 있는 시기가 왔는데. 다들 소감 한마디씩 들어 볼까?"

바이스는 그들의 긴장을 풀어 주기 위해 가벼운 농담조로 시작했다.

하지만 에드 가문의 마법사들의 표정은 전부 똑같았다.

무표정.

이미 예전에 미르네, 라믹 가문 가주에게 직접 당한 적이 있으니 그때의 트라우마가 떠오르는 중이리라.

"과거는 잊어. 현재와 미래만 생각한다. 우리에겐 아르키스 님이 계신다. 멋지게 성공하고 재회했을 때, 칭찬이라도 해 달라며 생색내자고. 그것만 생각해."

"알겠습니다아!"

스파클이 가장 힘차게 답했다.

아르키스 에이머라는 마법의 주문과도 같은 이름.

그 이름을 듣자마자 힘이 불끈 솟고, 자신감도 넘쳤다.

에드 가문 공식 아르키스 에이머 열혈 팬의 무서운 팬심이다.

"임펠이 오면 함께 움직일 거야. 그리고 너희만 데리고 본교 입구로 갈 거지."

"가주님은요?"

레지가 물었다.

"난 바로 미르네 가문으로 가야지. 그들이 본교로 합류할 수 없도록."

혼자서 바람 원소 대표 가문을 막겠다는 뜻이다.

"……괜찮으시겠어요? 제가 함께 가는 건……."

"아니, 넌 짐만 돼. 선배님들 따라서 살아남기나 해, 꼬맹이."

바이스는 두려워하는 표정이 아니었다.

동네 마실이라도 나가는 것처럼 편안했다.

꼭대기로

"나도 너희와 함께 가지 않아."

이번엔 루트가 말했다.

"왜? 형은 또 어딜 갈 건데?"

나일론이 곧장 물었다.

"라믹 가문을 견제해야지."

"혼자……?"

"응."

"아니 어떻게 그래? 바이스 어르신이야 플레우드니까 어느 정도 괜찮다 치는데…… 형은 단일 원소야. 우리 중 몇 명 빠져서 같이 가야 하는 거 아냐?"

"너희랑 나랑 원소가 다른데? 이건 바이스 어르신과 답이 똑같겠다. 짐만 된다."

라믹 가문은 더군다나 불 원소의 상성, 물 원소 대표 가문
이다.

따라서 현재 밑의 세계에 남은 에드 가문 마법사 중에 도
움이 되는 마법사는 없다.

실로 잔인한 말이겠지만, 그것이 사실이었다.

"……."

나일론도 그것을 잘 알고 있기에 더는 고집할 수 없었다.

"저어……."

그러던 중, 하페르트가 소심하게 손을 들며 어렵게 입을
뗐다.

결국, 하페르트는 탭 테이킹을 성공하지 못했다.

아니, 결국이란 단어는 아쉬움이 잔뜩 묻어나는 뉘앙스를
가지고 있으니 어울리지 않는다.

아쉬움이란 건 그만큼 기대를 했는데 결과가 좋지 못할 때
나 통용되니까.

하페르트가 탭 테이킹을 연습한 시간이 고작 7개월 조금
넘는다.

절대 성공할 수 없는 기간이었다.

하지만 그들과 약속한 것이 있기에 하페르트는 이쯤에서
빠져야 했다.

이제 조각사라는 신분은 사라지고 약속한 대로 버림받을

순서만 남아 있었다.

"꼬맹이."

바이스가 그의 앞에 서서, 정수리에 손을 올렸다.

"낙담하지 마. 7개월은 아르키스 님도 익히지 못한 기간이야. 재능이 출중한 마법사도 1년 이상은 걸린 구간이라고."

"……."

이럴 때 위로가 와닿을 리가 있을까.

가문까지 대마법사 손에 의해 완전히 부서지고, 가족을 잃었다.

그런 대마법사를 향한 복수를 함께할 수 없다는 무기력함이 그를 더욱 슬프게 만들었다.

"그래도 너의 기회는 이게 끝이 아니야."

"끝이 아니란 건……?"

혹시 할 수 있는 무언가가 있는 게 아닐까.

하페르트는 내심 기대하며 물었다.

"아르키스 님이 우리에게 합류하시기 전엔 절대 우리가 이길 거라고는 생각도 안 한 싸움인데, 아르키스 님이 계셔서 무조건 이길 수 있다는 생각이 들었지."

"갑자기 그 말씀은 왜……?"

이야기가 뜬금없는 곳으로 빠지는 느낌이 들었다.

"그 뜻은, 타일런트의 시대가 끝나고 다시 정상적인 아르키스 님의 시대가 온다는 뜻이지. 시대가 변하면 너 같은 평범한 학생에게도 다시 마법사의 길을 걸을 수 있는 기회가 주어져. 그때 다시 보자."

하지만 기대했던 말이 아니다.

하페르트가 원하는 건 가문의 복수를 위해 이들과 함께 싸우러 가는 것.

결국, 그것은 절대 허락될 수 없는 과분한 권한이었던 것이다.

"전 왜 늘 도움이 되지 않는 걸까요……."

무기력함에서 오는 슬픔에 빠진 하페르트는 울먹이며 중얼거렸다.

"허허, 그렇게 생각하면 안 돼. 욘석아!"

바이스는 오히려 타이르는 것보다 꿀밤을 세게 쥐어박았다.

"……왜 때려요?"

"오히려 네가 빠지는 게 도움이 된 거야."

"그게 무슨 말입니까, 빠지는 게 도움이 된다니?"

"잘 들어. 잔인하게 들리겠지만, 사실이니까. 네가 함께 가면 짐만 된다. 짐이 뭐지? 아군의 발목을 잡는 지뢰야. 차라리 일찍이 빠져서 짐이 되지 않는다면, 그것만큼 아군을 도와주는 일이 어디 있겠어?"

"……."

정말 그의 말대로 너무 잔인한 말이다.

하지만 틀린 말도 아니지 않은가.

평소 하페르트라면 지금 바이스가 한 말을 꼬투리 잡으며 화를 냈겠지만, 어느덧 양심과 공동체 의식이란 게 자리 잡힌 그다.

그런 말을 하면 안 된다고, 그의 이성이 그를 향해 말하는 중이었다.

"그러니까 빠지는 게 도움 주는 거야. 적어도 우리에게 도움 줬으니까. 멋진 결과를 가지고 오지. 변한 시대에서 다시 재능을 펼쳐도 늦지 않아. 변한 세상에선 너 같은 평범한 마법사도 아주 소중한 인재니까."

"……가주님."

에드 분교 1클래스에서도 퇴학당한 몸.

그리고 불 원소 구성 가문 출신임에도 강력한 마법을 다루지 못하는 보잘것없는 마법사.

그런 자신을 변한 시대에선 소중한 인재라고 해 주니, 감정이 차올랐다.

빈말이라고 해도 좋다.

그가 살면서 이런 인정은 받아 본 적이 없으니까.

"몸 건강히 있어. 어차피 싸움은 오래가지 않고 금방 끝날 거니까. 그때 건강한 상태로 다시 만나면 돼."

"끄윽! 끄윽!"

감정이 복받친 하페르트의 눈가엔 어느새 눈물이 맺히고

볼을 타고 또르르 흘러내렸다.

"자, 잘 알아들었으면 그만 나갈까?"

바이스가 나긋하게 제안했을 때 하페르트는 울음을 최대한 참으며 답했다.

"꼭, 변한 시대에서도 만나 주셔야 해요?"

"오냐. 난 약속은 무조건 지키는 사람이야."

"감사합니다."

하페르트는 그 말만 남기고 선술집을 떠나갔다.

"자, 그럼 명령 기다릴까?"

선술집 쪽도 준비는 전부 끝이 났다.

보주화를 구현한 지 어느덧 30분이나 지났다.

우웅–! 우웅–!

그런데 자꾸 모브가 울린다.

보나 마나 이것은 에타르가 메시지를 보냈다는 알림일 거다.

하지만 테스트는 아직도 진행 중.

지금 여기에서 확인할 수 없기에 난 애써 무시했다.

"호오, 다들 대단하군. 아직도 건재하다니."

30분이나 지났는데 보주화가 꺼진 학생은 아무도 없었다.

그렇게 다들 오기의 테스트를 진행하던 그때.

드디어 꺼진 보주화가 생겼다.

"……아."

바로 헤이의 보주화였다.

"다들 보주화 걸어. 그리고 교실에서 대기한다."

결과가 눈에 보이자마자 명령을 내린 셔먼.

일단 난 그의 지시를 따랐다.

그리고 우리에겐 얌전히 기다리라는 말과 함께 그는 잠시 교실에서 나갔다.

❦

"그래? 그렇단 말이지."

셔먼이 나간 이유는 바로 꼭대기에 있는 타일런트에게 보고를 하기 위함이었다.

어차피 꼭대기는 6층 바로 위에 있다.

따라서 셔먼은 모브가 아닌 꼭대기로 직접 찾아가 보고한 것이다.

"잘됐네. 바로 시작하지. 데리고 오자고."

타일런트는 지시를 내리면서 슬쩍 봉인석을 쳐다봤다.

검은색 비율 96%.

이것이 최종 형태다.

비록 100%가 되진 못했지만, 충분히 만족할 정도의 수치다.

"그럼 제가 내려가서 바로 데리고 오겠습니다."

"아니. 어딜 가? 잊었어? 이런 상황에서 너에게 아주 중요한 임무가 있었다는 것!"

그러나 타일런트의 불호령이 떨어졌다.

도리어 그는 셔먼에게 잔뜩 화를 냈다.

"죄송합니다. 보름달께서 인생 전부를 바쳐 설계한 계획이 이제 실현된다고 생각하니, 저도 모르게 기뻐서 생각이 짧았습니다."

셔먼은 곧바로 정정하며 사죄를 올렸다.

"알면 됐어."

그리고 타일런트는 철문 앞쪽으로 다가갔다.

사일러드가 갇힌 철문 앞에서 걸음을 멈춘 그는 포털 하나를 열었다.

"들어가."

"맡겨만 주십시오."

그것이 셔먼이 이 마지막 순간에 부여받은 임무다.

저 포털은 철문 안이 아닌, 검사 사회로 향하는 포털이다.

셔먼은 근엄한 발걸음으로 포털을 넘었다.

"자, 그럼 재료들의 인솔은 이 녀석들한테 맡기면 되겠군."

타일런트는 이제 모브를 형상화했다.

"휴가는 잘들 보냈나?"

ㅡ……미친놈아, 언제까지 감금할 거야. 정신 나갈 것 같다고.

모브에서 흘러나온 목소리는 바로 라믹 리비아.

그녀는 쌓이고 쌓인 불만이 결국 터져 타일런트에게 시원한 욕설을 뱉었다.

감성이 이성을 완전히 먹어 버린 상태였다.

"오늘로 끝이야. 너희가 할 일이 있어."

ㅡ시키려면 빨리 시켜. 여길 벗어날 수만 있다면 바로 해 줄 테니까.

"너희도 어차피 6층에 있잖아? 6층 교실에 꼭대기로 올 더블 캐스터들이 있다. 그들을 데리고 오도록."

ㅡ……그거면 끝인가?

"물론이지."

ㅡ가자, 카비르.

타일런트 쪽도 준비가 일사천리로 끝났다.

"괜찮아, 헤이. 너무 상심하지 마."

셔먼이 사라지고 나서, 헤이는 우중충한 분위기를 잔뜩 풍겼다.

그런 헤이를 키에나가 등을 토닥여 주며 위로하고 있었다.

역시, 내겐 보인 적 없는 포근하고도 친절한 모습이다.

유독 헤이에게만 한정된 따뜻한 키에나의 모습이다.

"하, 난 왜 꼭 중요한 순간에 이렇게 되는 거지?"

보주화가 꺼지는 바람에 헤이는 탈락.

그로 인해 헤이는 상실감이 가득한 상태였다.

하지만 헤이의 탈락은 나에게도 반가운 소식은 아니다.

바로 헤이가 에드 분교 3클래스에서 보였던 모습 때문이다.

키에나와 헤이는 둘이 무의식중에서 계속 중얼거렸던 그 말이 머릿속을 떠나지 않았다.

"조각이 모이는 곳."

난 그곳이 꼭대기라고 믿는 중이고, 이제 꼭대기로 향하는 일만 남았다.

하지만 정말 내가 믿는 것이 맞는지 확인하는 작업이 남았는데 준비물 중 하나라고 할 수 있는 헤이가 빠져 버렸으니, 어쩌면 그 실체를 확인 못 할 수도 있겠다는 생각이 든 것이다.

'보주화도 상당히 빠른 시간에 익혔어. 그건 여기 있는 학생 전부가 마찬가지이지만, 헤이는 3클래스부터 보여 줬던 거라고.'

사일러드와 연관이 있다고 생각한 둘.

그 비밀도 난 반드시 풀어야 했다.

따라서 헤이도 데리고 올라가야 한다.

이대로 꼭대기로 떠나면, 그 비밀을 영영 풀지 못할 수도 있다는 강박증이 생기기 시작했다.

'어떡하지? 이미 테스트는 탈락해서 같이 올라갈 수 없어. 그런데 내가 먼저 올라가게 되고…… 헤이는 여기에 남게 되는 거고…….'

누군가 믿을 사람이 없을까?

내가 올라가자마자 바로 뒤를 따라서 헤이를 꼭대기로 올려 보낼 사람.

'아!'

정말 다행스럽게도.

있다.

그런 사람이.

심지어 아주 가까운 곳에 있었고, 아까 테스트를 한창 진행하던 중에도 모브가 계속 울려 내 집중을 방해하지 않았던가?

난 바로 모브를 형상화했다.

어차피 셔먼이 자리를 비운 순간이니, 셔먼에게만 들키지 않으면 됐다.

—아르키스 님, 올라가실 때 슬쩍 알려 주십시오.

―……아르키스 님? 생각한 것보다 조금 오래 걸리네요?

―무슨 일 있는 거 아닙니까? 이렇게 오래 걸릴 일이 아닌데……?

―아르키스 님!

우리의 테스트 상황을 모르니 조급함과 불안함에 자꾸 보내온 에타르의 메시지였다.

―미안하다, 늦었다.

―아르키스 님!

내가 메시지를 보내자마자 그는 기다렸다는 듯이 바로 답장을 보냈다.

―지금 올라가시는 겁니까?

―어, 곧. 그런데 에타르. 너에게 부탁이 하나 있어. 꼭 좀 들어줬으면 좋겠는데.

―반격의 날인데 부탁이 무슨 말씀이십니까? 명령하십시오, 보름달이시여. 어차피 오늘은 보름달의 색이 바뀌는 날 아닙니까?

에타르는 이미 승기를 잡기라도 한 것처럼 조금은 들뜬 상태로 보였다.

평소의 나라면 설레발이라고 혼낼 수도 있었지만, 그의 심정을 이해할 수 있었다.

  정말 나도 오늘 보름달의 색을 바꿔 버릴 생각이니까.

  에타르는 예전 내가 대마법사였던 시절로 돌아간 것처럼, 마치 친위대원으로 돌아간 듯했다.

  -그래서 명령이 무엇입니까?

  -너도 어차피 꼭대기로 갈 거지? 내가 올라간 직후 바로.

  -네, 그럴 생각입니다. 그 전에 처리할 게 조금 있긴 하지만.

  -오래 걸리는 건가?

  -그렇게 오래는 안 걸립니다. 뭔데 그러시죠?

  -헤이가 테스트에서 탈락했다. 근데 내가 예전부터 말했지? '조각이 모이는 곳'의 비밀.

  -네, 기억하죠.

  -그거 때문에 헤이가 필요해. 그러니까 네가 꼭대기로 올라올 때, 같이 데리고 와 줘. 그 비밀은 꼭 풀어야 하거든.

  -알겠습니다. 맡겨만 주시지요, 보름달이시여.

  에타르는 고민도 없이 시원하게 답했다.

  -네, 보름달이시여.

타일런트는 모브로 곧장 친위대장 데이먼에게 연락했다.

"데이먼, 오늘이 고생의 끝인 날이다. 무슨 뜻인지 알겠지?"

─준비가 다 되셨군요.

"그렇다. 친위대 전부를 이끌고 본교로 오도록."

─알겠습니다. 금방 가겠습니다.

그렇게 데이먼과의 연락을 끊었다.

"좋아, 아주 문제 없이 진행되고 있어."

타이런트도 기대에 찬 목소리다.

서로 다른 두 세력의 계획이 순탄하게 진행되면서, 두 세력 전부 확신과 기대에 차올랐다.

콰앙!

느닷없이 교실 문이 부서졌다.

셔면의 복귀라고 생각한 난 황급히 모브를 넣었다.

어차피 에타르에게 전하고 싶은 것은 전부 전했으니, 이제 모브를 볼 필요도 없다.

그리고 부서진 문을 바라봤을 때.

나도 모르게 고개가 갸웃하게 기울어졌다.

교실 문을 부순 마법이 어둠이 아니라 얼음이었던 것이다.

부서진 문에서 등장한 두 명의 여성 마법사.

내가 잘 알고 있는 얼굴이지만, 실로 오래간만에 보는 얼굴들이다.

라믹 리비아와 미르네 카비르가 교실로 들어선 것이다.

"이상하네? 꼭대기로 가는 학생은 네 명이라고 들었는데 왜 다섯 명이야?"

들어오자마자 리비아가 눈으로 숫자를 세고 한 말이다.

난 리비아의 말투를 듣자마자 알 수 있었다.

지금 상당히 짜증이 나서 예민한 상태라는 것을.

"테스트에서 탈락한 놈은 자진해서 빨리 꺼져. 안 그러면 내 손에 죽는다."

학생에게 살벌한 소리도 거리낌 없이 뱉었다.

역시, 예민한 상태가 맞다.

무엇이 그녀를 저렇게 화나게 한 걸까?

그리고 보니 얼굴이 상당히 수척해 보였다.

리비아 옆에 있는 미르네 카비르.

그녀 역시 안색이 좋진 않아 보였다.

원래부터 피골상접한 인상착의의 카비르인데 살가죽이 뼈에 완전히 밀착했을 정도로 더더욱 상태가 좋지 않았다.

누가 보면 오랜 기간 감금이라도 당한 줄 알 몰골들이었다.

"누구냐고! 빨리 안 꺼져?"

하지만 탈락자가 제 발로 나오지 않자 리비아는 버럭 소리를 질렀다.

"……죄송합니다. 슬퍼서, 몸이 바로 움직이지 않았어요."

헤이가 풀이 죽은 모습으로 터덜터덜 걸어 나왔다.

"어쩌라고. 뭐가 슬퍼? 네가 재능이 없는 탓인데."

헤이는 위로의 한마디를 기대한 것일까?

그러나 리비아는 냉혹함 그 자체였다.

위로는커녕 오히려 늦게 나왔기에 먹지 않아도 될 욕을 원 없이 먹는 중이다.

그렇지 않아도 무기력함이 가득한 상태인데, 신경까지 긁혔으니 헤이도 조금 반항심이 생긴 것 같았다.

눈빛이 바뀌며 리비아와 시선을 똑바로 마주쳤다.

"해보자는 거냐? 너 내가 누군지는 알고?"

"……"

뭔가 생각이 많아 보이는 헤이의 눈동자.

하지만 금세 그의 시선은 땅으로 향했다.

테스트에도 탈락한 상태인데 교수와 마찰을 빚어서 좋을 게 하나 없다는 합리적인 선택을 한 것이다.

"죄송합니다."

그는 그 한마디만 남기고 교실을 떠났다.

"이제 네 명 맞춰졌네. 다들 나 따라와."

리비아는 먼저 등을 휙 돌리고 교실에서 나섰다.

그리고 난 한 가지 확실한 것을 느꼈다.

리비아와 카비르의 얼굴을 봤을 때, 전혀 반갑지 않다는 것을.

오히려 지금 이 자리에서 정체를 드러내고 교육해 주고 싶은 마음이었다.

타일런트에게 동조하여 분교 학생을 본교로 성심성의껏 보낸 내 제자들.

아니, 저런 것들은 제자라고 인정할 수 없다.

난 이제 그 둘을 제자라고 생각하지 않고, 적이라고 생각했다.

"드디어! 나도! 꼭대기구나!"

테슬라는 얼마나 신이 났는지, 먼저 방방 뛰며 리비아의 뒤를 따랐다.

그렇게 교실에 남은 우리들도 리비아의 뒤를 따랐다.

"너 왜 헤이한테 위로의 말도 안 건네? 같이 분교에서부터 고생하고 노력해서 왔는데. 슬프지도 않아?"

리비아의 뒤를 따르며 꼭대기로 향할 때, 키에나가 불만으로 가득한 목소리로 내게 물었다.

말이 좋아 묻는다고 표현한 거지, 이건 따지는 중이다.

"위로하면 탈락했다는 사실이 변해? 어차피 같이 못 가는데."

어차피 에타르에게 따로 지시해서 데리고 오라곤 했지만, 그걸 키에나에게 알려 줄 이유는 없다.

키에나는 내가 경계하는 학생 중 하나니까.

"예전부터 너 정말 마음에 안 들어. 너밖에 몰라. 이기적이야."

키에나는 어금니를 꽉 깨물며 답했다.

마음 같아선 당장 나를 씹어 버리고 싶다는 의도가 역력했다.

'정말…… 온도 차이가 심하군.'

헤이에게 보였던 그 따뜻함은, 헤이가 사라지고 나서 식어 버려 차가움만 남았다.

차가움은 이제 적대감으로 변했는지 노골적으로 내게 살기를 내뿜기까지 하는 그녀다.

'에드 분교의 그 천진난만하고 귀여운 키에나는 언제 죽은 걸까?'

무엇이 그녀를 이렇게 만든 걸까?

이제 그 진실을 알 수 있는 시간이다.

따라서 조급해할 필요가 없다.

난 키에나의 말을 가볍게 무시하고 그저 묵묵히 리비아의 뒤를 따라 걸었다.

그렇게 도착한 곳은 6층의 강당.

리비아는 모브를 형상화했다.

"문 열어. 네가 시키는 대로 했으니까."

ㅡ알겠다.

모브 속에서 들린 타일런트의 목소리.

정신이 바짝 들었다.

'타일런트, 오랜만이야, 그렇지? 내가 돌아왔을 거라
곤…… 상상이나 했니?'

생각을 삼킨 순간, 포털이 열렸다.

이제 정말 만나는 순간이다.

"들어가!"

리비아는 우리가 먼저 들어가도록 명령했다.

제일 먼저 포털에 몸을 밀어 넣은 것은 나였다.

"가렌트 님."

가렌트가 있는 퀼트의 집으로 대검사 친위대원 한 명이 찾
아왔다.

"어, 왜? 무슨 일 있어?"

"그게 말입니다…… 마법사들이 움직이던데요?"

"마법사? 학생들?"

"아니요. 성인 마법사요. 그런데 한두 명이 아닙니다. 지
금 몰려다니고 있어요. 어딘가로 향하던데요?"

검사의 거리 입구에선 마법사의 거리 입구가 보인다.

안까지 정확히 보이는 게 아니지만, 적어도 마법사들이 어

딘가로 향해 움직이는 게 보이는 수준은 됐다.

대검사 친위대원 한 명이 그것을 식별하고 부리나케 가렌트에게 보고한 것이다.

"성인 마법사……?"

그렇다면 제법 서클이 있는 마법사란 뜻이다.

가렌트는 혹시나 하며 물었다.

"빨간 머리를 가진 마법사들이 있었어?"

혹시 그가 그토록 만나고 싶었던 에타르가 그 무리 속에 있었는지 없었는지를 확인한 것이다.

"아니요. 제가 본 건 하얀 머리카락의 마법사입니다."

"……하얀색?"

그렇다면 빛 원소사라는 뜻인데.

가렌트는 의아했다.

빛 원소사가 그렇게 무리 지어 다닌 적이 없었기 때문이다.

"가렌트 님!"

새로운 친위대원이 퀼트의 집으로 도착했다.

"마법사들이 무리 지어 이동하고 있습니다! 그런 건 처음 봐서 바로 보고드리러 왔습니다!"

"내가 본 거 아니야? 하얀색 머리카락을 가진 마법사들."

처음 가렌트에게 보고한 검사가 물었다.

"아닌데? 내가 본 건 갈색이야."

그런데 서로 본 색이 다르다.

'갈색이면…… 분명히 대지 원소.'

가렌트는 꼭대기 생활을 한 적이 있다.

게다가 당시 대마법사였던 아르키스 에이머와도 많은 대화를 주고받아 어떤 색이 어떤 원소인지 아주 잘 알고 있는 유일한 검사였다.

아르키스 에이머가 어차피 곧 화합의 시대를 이룰 건데, 이런 것쯤은 기본 상식으로 알고 있으라며 알려 준 적이 있어서 잘 아는 것이다.

그런데 역시나 갈색의 대지 원소사들도 무리 지어 다닌 적이 없다.

왜 이변이 일어난 것일까?

혼자서 곰곰이 생각하니 답은 너무 쉽게 떠올랐다.

'무슨 일이 벌어지려는 것 같은데?'

"어디로 가는지는 못 봤지?"

"네. 마법사의 거리 내부에서 움직이는 중이라 저희가 추적은 못 했습니다."

"친위대 경계 강화. 전 병력 총동원. 아무래도 느낌이 좋지 않아. 큰일이 터질 것 같다."

"넵! 알겠습니다!"

가렌트의 명령을 받은 검사들은 우렁찬 대답과 함께 분주한 발걸음으로 명령을 이행하러 떠났다.

"할멈, 이것도 하늘이 무너지는 것과 연관이 있는 거야?"

가렌트는 퀼트가 남긴 마지막 예언, 그림.

하늘과 땅의 차이가 손이 닿을 정도로 가까운 그림을 보며 물었다.

이럴 땐 대답이 돌아오지 않는 것이 정말 애석할 따름이다.

"기다렸습니다, 바이스 어르신. 이야, 정말 영광이네요. 늘 말로만 듣던 그분을 직접 만나 뵙게 되다니. 이 일이 끝나고 일기에 꼭 적어 놔야겠어요. 그리고 후에 생길 자식들한테 대대로 물려줄 겁니다. 하하하하!"

바이스는 미르네 가문 근처에 도착했다.

미르네 가문 근처엔 라무스 가문의 마법사들이 이미 포진되어 대기하고 있었다.

에드 가문의 마법사들은 바이스가 혼자 가는 줄 알았지만, 이건 트레샤의 배려였다.

어차피 밑의 세계에 있는 본가 마법사들을 놀게 할 순 없으니 전력에 조금이라도 보태기 위해 조치한 일이었다.

특히 바이스를 맞이하는 대지 원소사는 정말 트레샤와 성격이 빼다 박았다고 생각될 정도다.

쓸데없이 낙천적이며, 생각보단 본능대로 움직이는 트레샤와 판박이였다.

"나도 자네를 처음 보는데, 낯설진 않군. 자네 아버지와 정말 똑 닮았어. 이름이 뭐지?"

"라무스 가온입니다."

"나이는?"

"80년쯤은 산 것 같네요."

"젊구먼. 자, 라무스 가문에서 몇 명이나 온 거지?"

"저를 포함해서 여덟 명입니다."

에드 가문의 마법사보단 많다.

게다가 라무스 가문 마법사들이니, 플레우드 다음으로 강한 마법사들이라고 할 수 있었다.

"평균 서클은?"

"정식 서클은 모르겠습니다만, 가문 내부적인 서클로 기준하자면 6서클입니다."

"나쁘지 않네."

"그럼, 바로 치면 됩니까?"

게다가 성격이 급한 것까지 트레샤와 똑같았다.

"허허허, 이럴 때일수록 신중해야 하는 법이란다. 에타르 님의 명령을 기다려야 해."

"아! 넵! 알겠습니다!"

그래도 말은 잘 듣는 게 라무스 가문의 특징이다.

바이스는 흐뭇한 미소를 흘렸다.

'여기에 라무스 가문이 왔으면…… 루트 쪽은……. 어이구

야, 전투 시작도 전에 고생 좀 하겠구나.'

조각사 쪽에 남는 가문은 이제 딱 하나.

바로 빛 원소의 루스 가문이다.

그런데 공교롭게도 루트는 태생이 에드 가문이지만, 현재의 색은 어둠 원소인 검정색이 아닌가?

불협화음의 대명사 어둠과 빛.

전투 시작 전부터 내부 균열이 생기는 게 아닐까 하는 걱정이 들었다.

'나도 보험 하나 들어야지.'

바이스는 모브를 형상화하고 메시지를 슬쩍 보냈다.

─딸내미. 어디에서 뭐 하지?

─저한테 뭘 시킬지 알아서 이미 나와 있죠.

─……너한테 말한 적도 없는데 어떻게 알아?

─아버지, 저도 조각사거든요? 왜 모릅니까?

─허허허허. 그래. 잘 부탁해. 딸내미. 중재 좀 하고. 여차하면 내 이름도 팔아.

─그거야 제 전문이죠.

루트도 마찬가지로 라믹 가문 근처에 다다랐을 때다.

'응? 저 하얀색들은 뭐지?'

'저 여기 있습니다.'라고 노골적으로 광고라도 하는 듯한 하얀색들.

정말 눈에 확 띄는 색이었다.

루트가 그들에게 다가가며 물었다.

"하얀색…… 혹시 루스 가문인가?"

그의 목소리를 들은 한 마법사가 루트와 눈이 마주치더니 동시에 표정이 무시무시하게 변했다.

째앵-!

그런데 대답 대신 빛의 봉인검을 구현했다.

"검정색이 왜 여기 있지? 드라코냐?"

"……."

바이스의 걱정대로 불협화음이 시작되어 버렸다.

한 명이 빛의 봉인검을 구현하자 다른 루스 가문의 마법사들도 차례대로 빛의 봉인검을 구현하고 루트를 노렸다.

이곳에 모인 루스 가문 마법사 총원은 다섯 명.

에드 가문 마법사보다 적은 숫자지만, 적어도 그들이 뿜어내는 마력은 훨씬 강력하다 할 수 있었다.

"드라코가 왜 여기 있지?"

루트를 제일 처음 노린 것은 루스 가문의 여성 마법사.

새하얀 색으로 도배되었고, 키도 크며 미모를 자랑하는 마법사였다.

"아…… 그게 내가 드라코가 맞긴 한데……."

소통의 부재를 겪는 루트다.

같은 조각사원인데 보안이란 이유로 서로 왕래가 없다 보니 이름만 알 뿐, 얼굴을 모르는 것이다.

게다가 루트는 드라코 가문을 거쳐 에드 분교의 교감직을 지냈던 마법사.

조각사 내에서도 특급 비밀인 마법사였기에 루스 가문의 여성 마법사는 그의 존재를 제대로 몰랐다.

"죽여!"

루스 가문 마법사는 루트의 답을 듣자마자 살기가 가득했다.

"아니! 저기! 사람 말은 끝까지 좀 들어……!"

루트의 말이 채 끝나기도 전에, 빛의 봉인검은 이미 루트를 향해 날아 버렸다.

"드라코긴 하죠. 근데 태생은 에드 가문이라고요."

그런 긴박한 상황에 들린 또 다른 여성의 목소리.

일순간에 루스 가문 마법사들과 루트는 목소리가 난 쪽을 쳐다봤다.

그곳엔 루스 가문과 똑같이 새하얀 색으로 도배된 여성 마법사가 느긋한 발걸음으로 가까이 다가오는 중이었다.

그러자 루트를 향하던 빛의 봉인검이 멈췄다.

"……하얀색?"

공격을 지시한 루스 가문 마법사가 의아해하더니, 도리어 뭔가 깨달은 표정을 지었다.

"여기에 우리가 모였다고 적한테 알려 줄 생각이에요, 우리 다 죽이게? 그 눈부신 마법부터 얼른 거둬 주시죠? 저희 아버지가 이거 알면 가만히 안 있을 것 같은데."

"당신…… 설마……."

이내 겁에 질린 표정을 지었다.

"네, 이렇게 만나는 건 처음이죠? 에밋 리프라고 해요. 이쪽 전력이 조금 부족하다는 말을 듣고 급하게 지원 왔습니다."

리프는 온화한 미소를 지으며 루스 가문 마법사에게 악수를 청했다.

리프와 루스 가문 마법사는 서로 나이는 비슷할 것이다.

하지만 초면이기에, 정중한 말투였다.

"아……."

루스 가문 마법사가 악수를 건넨 그녀의 손을 잡으려고 할 때, 리프가 뿌리쳤다.

"마법부터 걷으시라니까요? 진짜 미치신 거예요? 일을 어떻게 망치려고."

여전히 온화하게 웃으면서 한 말이지만, 확실히 느껴졌다.

그 온화함 속에 숨은 플레우드의 살기를.

루스 가문 마법사들은 일제히 마법을 거뒀다.

"루스 릴이라고 합니다."

"어머나, 반가워요. 릴 씨."

마법을 걷고 나서야 제대로 반갑게 맞이하는 리프였다.

"그런데…… 저 사람, 드라코라면서 태생은 에드 가문이란 게 무슨 말이죠?"

릴은 이제 루트에 대해 물었다.

"조각사 내부에서도 특급 비밀이라 모르는 게 당연합니다. 태어난 건 에드 가문이지만, 드라코 가문의 양자로 생활하다가 에타르 님을 돕기 위해 에드 분교 교감직으로 가셨던. 에드 루트 님이에요."

"……아! 그, 그랬군요! 죄송합니다!"

릴은 고개를 직각으로 숙이며 사과했다.

"하하, 아니에요. 모르면 그럴 수도 있죠."

루트도 리프와 마찬가지로, 인자하게 웃으며 악수를 먼저 청했다.

그렇게 라믹 가문 근처에는 세 가문의 마법사들이 모였다.

"지금 바로 시작하면 되나요?"

릴은 전투력이 넘칠 수준으로 차올랐다.

당장 싸우지 않으면 좀이 쑤셔서 미칠 지경으로까지 보였다.

"아니요. 조금 기다려야 해요. 본교에서 신호가 와야 그때 시작할 수 있습니다."

루트가 대신 답했다.

"자, 그 전에 우린 몸 좀 숨깁시다."

리프가 중간에 끼어들면서 보다 안전한 곳으로 다들 몸을 숨기기 시작했다.

드디어 꼭대기 입구에 도착했다.

내 눈앞에 있는 것은 철문.

꼭대기 입구의 문과 사일러드가 갇힌 문은 똑같이 생겼다.

그리고 우리가 철문 앞에 섰을 때.

철문은 스스로 열렸다.

끼이이이익.

천천히 시끄러운 소리를 내면서 열리는 철문에 나도 모르
게 침을 꿀꺽 삼켰다.

이제 도화선에 불이 지펴진 것이다.

'시작하자, 에타르.'

그렇게 문은 완전히 열리고 드디어 꼭대기의 모습이 눈에
들어왔다.

'……저건 뭐야?'

그런데 꼭대기엔 본 적 없는 물체가 보였다.

사람 키와 비슷한 크기의 성배.

개수는 무려 네 개. 성배의 색은 온통 검정색.

심지어 안에 찬 물도 검정색이었다.

"환영한다, 학생들."

그 목소리가 들린 순간

콰앙!

철문은 고막을 찢을 듯한 소리를 내면서 닫혔다.

타일런트가 닫은 것이다.

'타일런트…….'

난 드디어 타일런트와 대면했다.

임펠은 밑의 세계 선술집에 도착했다.

"오빠! 이거 어르신이 오빠한테 꼭 주라고 했어!"

그가 등장하자마자 퀼럼이 다급하게 소리치며 물약 하나를 건넸다.

빨간색 물약, 초월수다.

"아, 고맙다. 어르신 역시 꼼꼼하시네."

그리고 물약을 받은 순간.

−조각사, 막을 연다.

조각사들이 가진 모브에 동시에 날아든 짧은 메시지.

드디어 길고 길었던 반격을 시작하라는 개전의 메시지다.

임펠은 메시지를 확인하고 씨익 웃었다.

"다들, 준비됐지?"

"물론이지!"

"자, 우리가 상대할 놈들은 대마법사 친위대. 친위대장은 내가 맡을 테니까 너희는 그 잔챙이들만 맡아. 너희 실력이면 충분히 할 수 있어. 부대장 출신인 내가 보증 선다."

아군 사기 증진도 잊지 않은 임펠이다.

그렇게 그들은 웨이 포인트가 있는 방에 들어섰다.

"가자!"

임펠이 먼저 초월수를 들이켜며 웨이 포인트를 이용했다.

그의 머리카락은 완전히 새빨갛게 변했다.

그들이 향할 곳은 분교 1층.

일단 1층에 도착하고, 교수부터 처리한 다음, 본교 입구를 점령하는 게 그들의 목표다.

임펠을 시작으로 에드 가문 마법사 전부와 레지까지 웨이 포인트를 타고 본교로 떠났다.

임펠이 선두에 서며 당당하게 1층 도서관 벽을 부수고 복도로 모습을 드러냈다.

"……누구지? 뭐야, 저 사람들?"

1층엔 여전히 학생들이 많다.

제단도 닫히지 않는 나날이 지속되다 보니, 1층 학생들은 자유로운 시간을 한껏 만끽하던 중에 갑자기 도서관 벽이 터지며 마법사들이 우르르 몰려나온 광경을 목격했다.

"자, 학생들. 여긴 위험하니까 다들 알아서 대피해."

임펠은 당당하게 걸으면서 학생들에게 대피할 것을 지시했다.

하지만 영문 모르는 학생들이 따를 리가 없었다.

"안 되겠군. 레지, 네가 학생들을 한곳에 모아."

"……네? 저도 같이 싸워야죠!"

"일단 학생들부터 모아. 학생들 모으고 나서, 합류해도 늦지 않아."

임펠은 타협이란 없다는 듯이, 딱 잘라 명령했다.

이렇게 강압적인 임펠을 보는 것은, 레지에겐 처음이었다.

"알겠습니다."

그렇게 레지는 무리에서 빠져 학생들을 모으기 시작했다.

당연히 낯선 레지의 말을 들을 리가 없는 1층의 학생들.

한곳에 모으는 건 결코 쉬운 일이 아니었다.

"말로 안 들으면 마법을 사용해서 강압적으로 해! 이 멍청아!"

그런 모습을 지켜보던 스파클이 답답함에 호통쳤다.

"넵! 알겠습니다!"

이에 레지는 불 원소로 거대한 올가미를 구현해 학생들이 마치 동물이라도 된 듯이 눈에 보이면 닥치는 대로 포획하기 시작했다.

"넌 누구야! 이거 놔!"

갑작스러운 무력이 굴복한 학생들은 당연히 저마다 반항을 하기 시작했지만.

레지에게 통하지 않았다.

'……내가 이제 본교 학생들도 제압할 수준이라니.'

레지는 학생들을 포획하면서 스스로에게 놀랐다.

정말 몇 년 전까지만 하더라도.

에드 분교에서도 졸업하지 못해 전전긍긍했던 그 레지가 맞나 싶었다.

가슴이 웅장해졌다.

자신도 모르는 사이에 이렇게 성장했단 사실이.

"자, 학생 쪽은 레지한테 맡기고. 우린 앞만 본다."

임펠이 당당하게 걸으며 복도를 통과할 때, 저 멀리서 검은색을 뒤집어쓴 여성이 보였다.

임펠은 그녀가 누군지 알고 있다.

친위대 부대장을 지내면서 정보원 역할도 했고, 각각 층에 어떤 교수가 있는지도 미리 파악했으니까.

"드라코 케린이군. 내가 맡으마. 너흰 일단 입구부터 점령해. 나일론, 네가 이제 이끌어."

"알았어! 형, 몸조심해!"

"걱정 마, 저년한테는 안 져."

"이게 누군가 했더니 에드 가문의 공식 쥐새끼 1호, 드라코 이그니토네?"

케린도 오히려 조롱으로 가득한 말투로 임펠을 맞았다.

"그런데 너희들 생각대로 하게 둘 생각은 없는데?"

그리고 입구를 점령하러 가는 에드 가문 마법사들을 향해 어둠 원소 마법으로 공격하기 시작했다.

그러면서 그녀가 꺼내 든 공격 마법은 이제는 너무나도 익숙해 신선함이 사라진 마법이었다.

다름 아닌 드라코 가문의 시그니처 마법, 검은 송곳이었으니까.

"지겹네, 그 마법."

임펠도 바로 반격에 나섰다.

그저 케린의 검은 송곳을 쳐다봤을 뿐인데, 케린의 검은 송곳 날 끝에 불이 붙더니 삽시간에 소멸했다.

"……."

케린은 당황한 표정을 지었다.

이렇게 간단하게 자신의 마법이 먹힌 적이 없었기 때문이다.

"미리 말해 두지, 드라코 케린. 네가 알던 드라코 이그니토는 예전에 이미 라믹 데이먼의 손에 죽었어. 달라진 마법사 에드 임펠, 정식으로 인사해 주마."

"……쥐새끼."

"자, 네 주력 마법도 먹혔는데 이젠 뭐로 맞설 생각이지?"

케린은 이제 공간 왜곡 마법을 구현했다.

사일런스 셸이다.

"아~ 이것도 너무 식상해. 내 가족 중에 너보다 훨씬 위협적으로 이 마법을 구현하는 사람이 있어서. 넌 헛웃음이 다 나온다, 야."

하지만 감히 임펠에게 닿을 수 있는 수준이 아니었다.

지금 케린은 무슨 수를 써도 임펠을 넘을 수 없었다.

"시간 아깝다."

임펠은 이제 보주화를 구현하고, 걸었다.

임펠의 보주화 영향으로 인해 케린의 사일런스 셸이 깨진 것은 물론 1층 시설물 모든 곳에 불이 붙었고, 불길은 케린한테도 번졌다.

"끄…… 끄아아악!"

미처 대응도 하지 못하고 케린은 바닥을 나뒹굴었다.

"그 고통, 기억해. 너희가 저세상으로 보낸 학생들이 겪은 고통에 비하면 아무것도 아니니까."

한순간에 케린을 통구이로 만든 임펠.

그가 이미 입구에 가까워졌음에도 여전히 보주화는 케린의 위에 떠 있어, 그녀를 계속 괴롭혔다.

"꺼어억…… 꺽…….'

케린은 땅에 엎어진 상태로 애처롭게 손을 뻗었지만, 피부는 이미 빨갛게 달아오르다 못해 녹아내리기 시작했다.

그렇게 시뻘겋게 변한 케린은 고개를 떨궜다.

"에드…… 가문…… 쥐새……."

하고픈 말도 제대로 뱉지 못한 원한만 가득했다.

"시작한다?"

본교 2층. 클레어의 기숙사.

니드도 이미 모브를 통해 개전의 신호를 받았다.

2층의 교수만 제압하면 2층도 간단하게 클리어할 수 있다.

웹의 시선을 끌기 위해 거대한 마법을 구현할 생각이다.

그 전에 니드는 클레어와 눈으로 신호를 주고받았다.

"하세요, 언니."

"저도 준비됐어요."

"오케이. 고."

니드는 곧장 기숙사 문에 서릿발을 시전해 꽝꽝 얼렸다.

그리고 자신이 개발한 마법, 글레셜 스파이크로 언 문을 세차게 때렸다.

짜라라라락─!

고요했던 본교 2층 복도엔 얼음이 깨지는 소름 끼치는 소리가 울려 퍼졌다.

각자 맡은 바 임무

니드가 문을 부수자마자, 케이와 클레어는 쏜살같이 튀어나가 학생들을 모으기 시작했다.

"전부 도서관으로 모여!"

그렇게 소리치며 2층 이곳저곳을 뛰어다녔다.

큰 소리와 동시에 클레어, 케이의 외침이 이어지니 기숙사에 있던 학생들도 무슨 일인가 싶어 문을 열고 고개만 빼꼼 내밀었을 때.

클레어는 자신의 빙결 마법을 눈이 마주친 학생의 몸에 붙여 강제로 기숙사에서 빼냈다.

"이게 무슨 짓이야!"

"시끄러워! 조용히 따라오기나 해!"

하지만 학생을 이끌고 뛰는 건 역시나 마법사인 클레어에게 힘든 일이었다.

'생각해, 이럴 때 가장 효율적인 거. 그 방법. 힘은 적게 들면서 학생들을 빠르게 모을 수 있는 최적의 방법!'

여전히 머릿속에선 마법의 주문을 외우는 그녀다.

'아! 그거면 가능하겠다!'

클레어는 곧장 복도 바닥을 전부 얼렸다.

그리고 미끄러지듯 자유롭게 움직였다.

빙결 마법사인 데다가 자신이 구현한 마법이니, 스케이트를 타는 것처럼 빠르고 날렵하게 움직일 수 있었다.

니드와의 훈련의 성과가 톡톡히 나오는 중이다.

클레어는 지속 마법이 한층 강화되었을 뿐만 아니라 효율적으로 마법을 활용하는 법도 니드에게서 흡수한 것이다.

"케이! 교수 어디 있어?"

반면에 감지에 뛰어난 재능을 가진 케이.

클레어의 빙판을 같이 타면서 케이는 웝의 위치를 찾았다.

"다행히 우리랑 반대편에 있어! 니드 누나 쪽에 있는 것 같아."

"잘됐네. 그럼 나머지 학생들 위치 좀 찾아 줘."

"쉽지!"

그렇게 빙판을 타며 2층 전체를 활보했고, 어렵지 않게 학생들을 모았다.

"도대체 왜 이러는 건데?"

하지만 학생들의 태도는 협조적이지 못했다.

그도 그럴 것이, 분교도 그렇지만 본교의 학생들은 자신과 같은 팀이 아니면 무조건 경쟁 상대가 아니었던가.

제단만 열리면 서로 못 죽여서 안달이었던 사이에서 한순간에 친해지는 것은 역시나 무리가 있었다.

"이거 듣고도 너희들이 그런 반응일까 궁금하네."

하지만 클레어는 굴하지 않았다.

조각사로서 활동하는 첫 발걸음.

완벽한 발자취를 남기고 싶은 의지와 욕구가 가득했다.

"제단이 열리지 않는 원인에 대해 우리끼리 추측했을 때, 꼭대기에 아무것도 없을지 모른다고 했던 거 기억나지?"

그나마 1층의 상황과 비교하면 나은 편이다.

적어도 이 학생들은 서로 경쟁 상대이긴 했지만, 제단이 침묵을 유지하던 그 긴 기간 동안 클레어와 케이가 헛소문을 퍼트리며 단합시켰으니까.

학생들은 하나둘씩 고개를 끄덕였다.

그렇게 클레어와 케이는 선술집 지하에서 바이스에게 전해 들은 모든 것을 학생들에게 알려 주었다.

"……그럼 우린 뭐 때문에 본교에서 그 개고생을 한 거야?"

설명을 마치고 나서 어느 학생이 말했다.

클레어는 다행이다 싶었다.

솔직히 이렇게 말해도 믿지 않을 것 같았는데, 적어도 믿는 사람이 생겼으니까.

믿음과 절망의 공통점이 뭔가?

감정이다.

그리고 감정과 아주 성격이 닮은 것이 있으니 그것은 바로 전염병.

한 명이 믿기 시작하니 다른 학생들도 점점 클레어의 말에 신뢰를 가졌다.

"그래서 너희들 살리려고 여기에 다 모은 거 아냐."

클레어는 약간 생색을 냈다.

"그럼…… 졸업을 안 하는 것이 우리 인생에 있어서 가장 중요하다는 거 아니야?"

"그렇지. 재능을 가지면 죽는 시대가 지금 시대야. 하지만 괜찮아. 오늘 보름달의 색깔이 바뀌니까. 숨이 턱 막힐 검정색에서 보는 것만으로도 마음이 정화되는 청아한 하얀색이 될 거야."

"……청아한 하얀색."

"그 시대가 마법사의 재능을 마음껏 펼칠 수 있는 시대라고."

어느덧 학생들 전부가 클레어에게 매료되었다.

"누구지? 처음 보는 얼굴인데."

니드의 앞에 윕이 나타났다.

니드는 팔짱을 낀 채로 그와 신경전을 벌였다.

"니드라고 한다."

"처음 듣는 이름이군."

윕은 답하면서 경계로 가득한 눈빛으로 니드의 얼굴을 뚫어져라 쳐다봤다.

"예쁜 건 알아 가지고. 그렇게 노골적으로 쳐다보냐? 눈이 막 자꾸만 가? 조절이 안 될 정도로?"

"……미친년이군."

"뭐, 이해해. 나처럼 미모의 마법사는 본 적이 없어서 그렇겠지. 바퀴벌레 같은 드라코 애들은 더더욱."

니드는 윕에게 대꾸는 일절 하지 않으며 자신이 하고 싶은 말만 뱉었다.

상대를 완전히 말리게 할 속셈이다.

"……지금 말 다 했나?"

윕의 평정이 깨진 순간이다.

"아, 뭐 소문을 듣자 하니 너희들 사이에서 최고 미녀 마법사는 라믹 가문 가주라며? 그런 늙다리가 뭐가 좋다고. 보는 눈들이 그렇게 없나?"

아직 부족하다고 생각한 니드.

더더욱 정신을 난잡하게 만들기 위해 불필요해 보이는 말을 뱉어 댔다.

"시끄럽고. 이렇게 노골적으로 큰 소리를 낸 거라면……나를 불러내기 위함인 건가?"

평정이 잠시 깨지긴 했지만, 웝도 결코 호락호락한 마법사는 아니었다.

'확실히 월피스 그놈이랑 비교하면 차이가 너무 심하네. 1클래스랑 6클래스 정도의 차이인가?'

분교의 클래스를 기준으로 잡자면 그 정도 차이라고 느꼈다.

"어."

"니드라고 했나? 가문도 없는 평민 같은데. 감히 드라코 가문을 향해 적대감을 보여? 그게 무슨 의미인지 알고 하는 건가."

"아~ 지겹다. 그 말, 내가 에드 분교 교수로 있었을 때 지겹게도 들었는데. 아, 혹시 월피스랑 관계가 어떻게 돼?"

"……에드 분교 교수? 에드 에타르의 충실한 개였군."

"알면 됐고. 월피스랑 관계가 어떻게 되니까?"

"네가 알 건 없다."

"알아야 할걸. 걔 지금 무덤 속에 있거든. 네가 형 아니야? 아차차! 가장 중요한 설명을 빼먹었네. 그 무덤이 뭐로 이루어진 줄 알아?"

니드는 이글루 모양의 빙결 원소 마법을 구현했다.

"이거랑 똑같이 생겼다?"

도발이다.

자신이 그 월피스를 죽인 사람이라고 친절하게 알려 준 것이다.

"……."

웝은 갑자기 입을 다물더니 몸에서 다른 것이 튀어나왔다.

꼭 거미의 다리와 모양새가 똑같은 검은 송곳들이다.

"오, 확실히 월피스랑은 다르네? 송곳부터가 차이가 느껴져."

'……라고 허세를 부리긴 했는데, 솔직히 이거 조금 위험한데……?'

상대가 전력으로 나오자, 니드도 어느 정도 긴장하게 됐다.

"뭐, 됐다. 어차피 네 무덤의 색은 검은색이 될 거니까."

"과연 그럴까."

그리고 두 마법사의 격돌이 시작됐다.

웝은 구부러진 검은 송곳으로 니드를 공격하면서, 다른 마법을 동시에 구현했다.

"컨피덴셜(Confiential)."

웝이 외운 마법의 주문.

그러나 니드는 처음 듣는 주문이었다.

'그렇다면 저놈이 혼자 만든 마법이라는 건데…… 효과가
뭐지?'

상대의 마법이 어떤 효과를 가졌는지 빨리 파악하고 파훼
하는 것.

그것이 상위 마법사들의 싸움이다.

초급 마법사들은 누가 더 한 단계 높은 서클의 마법을 구
현하느냐로 승패가 갈리지만, 이미 자신만의 마법을 구축하
는 법을 아는 상위 마법사들에겐 의미가 없는 싸움 방식이
었다.

니드는 눈동자를 분주하게 굴리며 윕이 구현한 마법의 정
체를 파악했다.

그러나 눈에 보이는 건 없었다.

'이상하다. 사일런스 셀처럼 공간 왜곡도 아니고, 그렇다
고 감각이 둔화된 것도 아닌…….'

푸욱!

그 순간 니드의 발등에 뜨거움 촉감이 느껴졌다.

"……."

밑을 내려다보니, 발등에 이미 검은 송곳이 찍힌 것이다.

'뭐지, 분명히 안 보였는데 언제…….'

"제대로 된 실력을 갖춘 마법사는 아니군. 이미 찔린 순간
끝이야."

니드의 발등을 찌른 검은 송곳이 부글부글 끓여 팽창하기 시작했다.

본능적으로 느낄 수 있었다.

저 송곳은 곧 터진다.

'그럼 발을 잃게 된다.'

니드는 다급하게 빙결 마법으로 찔린 발등은 물론, 검은 송곳까지 감쌌다.

마력을 쥐어짜서, 송곳을 얼리고 깨트리며 완전히 소멸시켰다.

"그래도 기본은 있는 마법사군."

'……위험해. 빨리 저놈이 구현한 컨피덴셜이 무슨 마법인지 파악해야 해.'

그러곤 다시 눈동자를 분주하게 굴렸다.

하지만 니드는 찔린 곳을 또 찔리고 말았다.

이번엔 아예 발등이 관통될 정도이며, 송곳의 크기는 방금 소멸시킨 것보다 더 컸다.

'계속 발에만…… 이거 혹시……?'

다시 찌른 송곳을 폭파시키는 윕.

어떻게든 그건 빙결 마법으로 저지했다.

하지만 니드는 결정적으로 컨피덴셜의 효과를 파악하지 못했기에 한 번 더 찔려야 했다.

'짐작 가는 게 있어. 근데 확실히 하려면…… 아프지만, 버

텨야지.'

온 신경을 자신의 발에만 집중했을 때, 이번엔 다른 쪽 발등이 찔렸다.

'오케이. 알아냈다.'

컨피덴셜은 그림자 마법이었다.

상대의 발밑에 생긴 그림자를 윕이 자신의 영역으로 이용하는 것.

따라서 니드의 발밑에 생성된 그림자가 윕의 무대가 되었고, 니드는 깨닫지도 못한 사이에 윕의 함정에 빠지게 되었다.

발밑의 그림자를 통해 검은 송곳을 구현했으니, 발만 찔리는 상황이 반복된 것이다.

'그럼 싸움을 길게 끌면 내가 불리하지. 편법까지 쓰면서 이기고 싶은 마음은 없었지만…… 죽는 것보단 낫잖아?'

땅을 발에서 뗀다고 해도, 무언가 탈것이 필요하다.

그러면 또 땅 위에 있는 탈것 밑에도 그림자가 생기니, 탈것 전체가 윕의 영역이 되는 것이다.

오히려 상대의 마법에 대응하려다가 더욱 강한 무대를 제공하는 꼴이다.

어떻게든 빨리 이 전투를 끝내야 니드에게 승산이 있다.

니드는 품속에서 물약 하나를 꺼냈다.

"왜? 순수 힘으로는 안 될 것 같아서?"

기다렸다는 듯이 윕의 조롱이 이어졌다.

"응. 솔직히 인정할게, 월피스 그 버러지보다 백배 나은 놈이란 거. 근데 이건 넌 어떻게 파훼할지 기대되네?"

'……라곤 말했지만. 역시, 이거 막히면 나도 가망 없어.'

니드는 물약 병을 따고, 손에 부었다.

물약이란 물을 이용해 손을 씻는 것 같은 행동이었다.

'물약을 마시지 않고 발라?'

윕도 처음 보는 활용법이다.

니드가 손에 바른 것은 바로 바이스가 만든 투명 물약.

그것을 손에 바른다고 몸체가 투명해지는 건 아니다.

이 투명 물약은 사물에 한해서 투명하게 만드는 거니까.

'사물이라서 노림수가 있는 거야.'

물약을 다 바른 니드는 그대로 손을 통해 마법 하나를 구현했다.

그녀가 직접 개발한, 글레셜 스파이크다.

쩌적!

'안 보였는데……? 뭐지?'

이것이 니드의 노림수.

사물을 투명하게 만드는 바이스의 물약을 손에 바름으로써, 손으로 구현하는 마법은 플레우드 마법이라도 된 것처럼 투명하게 변한다.

즉, 분명히 마법이 존재하지만 눈에 보이는 게 아니라는 뜻이다.

'무슨 수작을⋯⋯.'

이미 글레셜 스파이크에 한 대 맞은 윕이다.

당연히 눈에 보이지도 않고, 니드의 마법이 효과가 뭔지도 모르는 상태에서.

맞은 부위를 또 맞고 말았다.

"유감."

승기를 잡았다고 확신한 니드는 글레셜 스파이크를 깨트렸다.

"⋯⋯?"

윕이 받은 부위는 오른팔.

한순간에 오른팔이 깨져, 사라지는 중상을 입었다.

"마지막이다."

이제 니드는 두 팔을 천장으로 번쩍 들었다.

그녀가 이번에 구현하는 마법은 블리자드다.

손을 통해서 구현하는 마법이니, 블리자드의 셀 수 없는 눈보라도 전부 투명하게 변할 것이며 윕은 절대 반응할 수 없다는 철저한 계산에서다.

무언가 살기를 느낀 윕은 일단 방어 마법을 몸에 둘렀다.

"그거 가지곤 안 돼."

방어 마법이 있어도 상관없다.

블리자드에 글레셜 스파이크를 섞어서 때리면 방어 마법

도 어차피 깨지니까.

쩌적! 쩌적!

눈에 보이진 않지만, 얼음이 부딪히는 소리는 고스란히 들렸다.

'이거 설마……?'

하지만 깨달은 때는 이미 늦어 버렸다.

"잘 가. 다음 생에선 착하게 살아."

짜자자작—!

니드는 웝의 몸 전체에 덮인 얼음을 깨 버렸고, 그대로 웝은 비명도 내지르지 못한 채 무수히 많은 얼음 조각으로 변했다.

미르네 가문 근처.

라무스 가온은 바이스에게 물었다.

"어르신, 어떻게 할까요? 어떤 방법으로 제압할까요?"

"음, 글쎄. 아무래도 밑의 세계니까 싸움이 지속되는 건 나도 원치 않고…… 일격에 일망타진하고 싶은데."

바이스는 자신이 구현할 수 있는 마법 중에 그게 가능한 게 뭐가 있을까, 고민했다.

하지만 가온은 호탕하게 웃으며 답했다.

"하하하하! 그거라면 저희 전문이죠! 다들 이리 와!"

가온의 명령에 나머지 일곱 명의 라무스 가문 마법사들이 대열을 갖췄다.

털썩!

갑자기 손바닥을 땅에 대고 엎드리는 가온.

다른 라무스 가문 마법사들도 그의 행동을 따라 했다.

"음~ 자세를 보니까 뭘 하려는 건지 알겠군."

"역시, 플레우드 어르신입니다. 자세만 보고도 바로 의도를 파악하시다니요. 그럼 저희 좀 도와주시지 않겠습니까? 여덟보단 아홉이 좋을 것 같은데."

"물론이지."

바이스도 가온의 자세를 똑같이 따라 했다.

"대지 원소가 무서운 이유. 땅 위에 안전한 곳이 없기 때문이죠."

"그래, 아르키스 님께서도 늘 플레우드가 이 세상에 없다면 대지 원소가 가장 강한 원소라고 말씀하셨지."

"이야, 기쁩니다! 무려 보름달의 칭찬이라니. 자, 다들 들었지? 실수하면 나한테 두들겨 맞는 거야!"

"넵!"

저렴한 말투를 구사하긴 하지만, 적어도 가온은 리더십은 확실히 있었다.

라무스 가문 마법사들도 그런 그를 군말 없이 따랐다.

"시작하죠! 어르신!"

그리고 손을 댄 땅에 마력을 집어넣기 시작한 바이스와 라무스 가문의 마법사들.

탭 테이킹을 이용한 공격이다.

드드드드득!

바로 미르네 가문이 위치한 땅 전체를 들어 올려, 한 번에 폭삭 내려앉게 할 생각이다.

총 아홉 명의 마법사가 대지를 조종하니, 미르네 가문 전체를 덮고도 남을 아치형 대지의 천장이 생성되었다.

"눌러 버리죠! 어르신!"

"이거 참, 효율적인 방법이군."

한순간에 미르네 가문 전체를 덮은 대지는 그대로 미르네 가문을 눌러 버렸다.

"끄으윽…… 끅…… ."

그 속에서 기어 나오는 소수의 미르네 가문 마법사.

개미집이 무너졌을 때 개미들이 대피하는 것과 비슷한 모습이었지만, 속도가 현저하게 느렸다.

가온은 쐐기를 박는 명령을 내렸다.

"땅속 깊숙한 곳까지 묻어 버려! 다신 못 올라오게!"

다시 한번 아홉 명의 마법사들이 힘을 잔뜩 주니, 미르네 가문이 있었던 장소에서 한순간에 건물의 형체가 사라졌다.

어디 그뿐인가.

건재한 가문이 있었던 자리에 한순간에 운석이라도 맞은 것처럼 거대한 웅덩이가 생겼다.

그 뒤로 땅 위로 올라온 미르네 가문 마법사는 아무도 없었다.

"어르신 덕분에 쉽게 해결됐네요!"

"난 숟가락만 얹었는데 뭘. 다 자네가 주도한 거지."

"하하하! 과찬이십니다!"

"흠, 저긴 확실히 대지 원소사들이 모여서 저런 방법이 가능했구나."

한편, 라믹 가문에 모인 세 가문의 마법사들.

방금 미르네 가문이 사라진 것을 눈으로 확인했다.

라믹 가문과 미르네 가문이 서로 그렇게 멀리 떨어져 있는 게 아니기에, 눈으로도 충분히 볼 수 있던 거리다.

"우리도 저 방법을 쓰면 좋을 것 같은데……."

릴이 방금 무너진 미르네 가문을 보며 한 말이다.

저렇게 손쉽게 가문 하나가 한순간에 사라지다니, 솔직히 부러웠다.

하지만 그들에겐 불가능한 방법이란 걸 안다.

지금 여기엔 대지 원소사가 없으니까.

"음, 저걸 응용하는 방법은 어떨까요?"

리프가 무슨 생각이 들었는지, 릴에게 물었다.

"⋯⋯어떻게요? 우린 대지 원소사가 없⋯⋯. 아! 플레이드 셨지!"

"네, 저도 대지 원소는 다룰 줄 아니까요. 근데 공교롭게 도 저 혼자 저 정도 수준은 못해요. 아르키스 님이면 가능하 겠지만, 전 아르키스 님이 아니니까요."

"그럼 어떡하죠⋯⋯?"

비상구를 찾은 줄 알고 문을 벌컥 열었는데 꽉 막힌 비상 구였다.

"대신 따라는 할 수 있죠. 저 혼자 어떻게든 대지 원소로 라믹 가문을 묻어 볼게요. 그럼 안에 있던 라믹 가문 마법사 들이 밖으로 나오겠죠? 대지 원소가 있으면 건축물, 돌이 있 는 곳을 피해야 하니까."

대지 원소의 탭 테이킹이 그만큼 강력한 것이다.

"그때 루스 여러분들이 대피하는 라믹 가문 마법사 요격. 이거면 괜찮지 않을까요?"

"확실히 좋은 작전이군."

가만히 듣고 있던 루트도 찬성했다.

"하지만 저희는 고작 다섯 명밖에 안 돼요. 머릿수부터 부 족하다고요. 그러다 놓치기라도 하면 어떡하려고요?"

릴은 실패의 두려움이 가득했는지, 부정적인 태도였다.

"저도 있는데 뭐가 걱정입니까. 싹 다 잡아 줄게요."

루트가 당당한 목소리로 말했다.

"……당신 혼자 어떻게 그걸 다 해요?"

릴은 루트를 믿지 못했다.

실력을 의심하는 것보다 아무래도 빛과 어둠의 조화이기에 불협화음이 좀처럼 멈추지 않는 것으로 보였다.

아무리 상대가 에드 가문의 자식이란 걸 안다고 한들, 결정적으로 그가 다루는 원소는 어둠이지 않은가?

조합이 너무 좋지 않았다.

루트는 고개를 절레절레 저으며 답했다.

"어둠 원소를 싫어하는 거 잘 알지만, 그래도 우린 동반자 아닌가요? 일단 믿는 게 좋을 것 같은데."

"……."

"루트 씨 말이 맞아요. 우리끼리 못 믿으면 이 싸움을 왜 하는 거죠? 다들 이해관계가 맞아서 뭉친 거 아닌가요?"

리프까지 거들자, 릴은 못 이기는 척 답했다.

"그래요! 어디 한번 해 봐요! 자, 구체적인 계획을 어떻게 할 건데요? 도망치는 마법사를 어떻게 전부 붙잡아 두겠냐는 뜻이에요."

그러곤 루트에게 따지듯 물었다.

"음, 리프 씨? 당신 계획에 한 가지만 추가하면 될 거 같은데?"

"뭔데요?"

"직접 보여 줄게. 설명보다. 당신은 나 믿잖아?"

"물론이죠~. 자, 그럼 시작해 볼까요?"

리프도 손바닥을 땅에 대며 엎드렸다.

"하나, 둘, 셋 하면 바로 시작하는 겁니다?"

"난 준비됐어. 시작하면 돼."

"좋아요, 하나~! 둘~! 세엣!"

리프의 구호가 끝난 그 순간, 라믹 가문에도 거대한 장벽이 쳐졌다.

하지만 역시 리프 혼자서 구현하는 것이기에 가문 전체를 집어삼키기엔 한참이나 부족했다.

"이런. 생각보다 내가 너무 약하네. 계획 수정!"

리프도 이건 가망이 없다고 판단했는지, 황급히 장벽을 거두고 다른 방법을 사용했다.

바로 라믹 가문이 있는 땅 그 자체를 지하로 내려 버리는 방법이었다.

임기응변치고는 훌륭했지만, 아쉽게도 틈이 생기고 말았다.

틈이라는 것은 라믹 가문의 마법사들이 반응할 수 있는 시간을 말하는 것이다.

리프가 계획을 수정한 그 순간, 라믹 가문 전체가 거대한 물 방어막에 감싸였다.

상대가 이미 파악하고 대응하고 있단 증거다.

"망했어! 망했어! 조금의 틈도 주지 말았어야 하는데!"

실패의 두려움을 극도로 싫어하는 릴.

그렇게 투덜거리며 불만을 표출했다.

"옆에 있는 동료를 믿으라고."

루트가 그런 그녀를 안심시키듯 말하고, 준비했던 마법을 꺼냈다.

바로 라믹 가문 전체를 덮을 수 있는 사일런스 셀이다.

'……저 정도 크기를 아무렇지도 않게?'

혼자서 가문 전체를 덮을 정도로 마력을 가진 사람.

루트란 마법사가 다르게 보인 순간이다.

릴은 워낙 깜짝 놀라서 잠시 행동이 멈췄다.

"그런데 그거, 효과 있는 걸까요?"

리프가 물었다.

"저들 눈을 가릴 용도일 뿐이야. 앞이 제대로 안 보이니까 도망도 제대로 못 치겠지. 일부러 유인하기 위해 출구는 우리가 쳐다보는 쪽에만 뚫어 놨어. 쥐덫인데, 과연 저들이 걸려들지."

루트의 걱정과는 달리 라믹 가문 마법사들은 정말 쥐가 되었다.

루트가 깔아 놓은 쥐덫에 스스로 달려가 걸린 것이다.

일부러 잘 보이도록 열어 놓은 출구를 향해 라믹 가문 마법사들이 하나둘씩 탈출하기 시작한 참이었다.

"자, 루스 아가씨? 지금인 것 같은데?"

이제 공격은 루스 가문 마법사들 담당이다.

'확실히 이거면……! 가능하겠어!'

릴도 자신감을 얻고, 가문의 마법사를 지휘했다.

"다 쏟아부어!"

빛 원소의 시그니처 마법, 빛의 봉인검이다.

살상력은 드라코 가문의 검은 송곳에 비하면 떨어지겠지만, 속박 기능이 함께 있는 살상 마법이란 이점이 존재했다.

가문을 벗어나기 위해 도망치던 라믹 가문 마법사들은 화살 세례처럼 쏟아 내는 루스 가문 마법사들의 빛의 봉인검을 직격탄으로 맞고 그 자리에 멈춰 섰다.

"크흑……!"

그러던 중, 완전히 제압되지 않은 라믹 가문 마법사 하나가 멀리 보이는 릴을 향해 손을 뻗었다.

쩌저저적!

순식간에 릴의 다리가 얼어붙었다.

미처 반응할 수 있는 속도가 아니었다.

"꺄아아악!"

얼음이 다리를 타고 그녀의 배를 넘어 가슴, 어깨까지 넘었을 때.

루트는 황급히 마법 하나를 추가했다.

이는 아군에게 사용하는 사일런스 셸이다.

"미쳤어요? 왜 우리한테 이런 마법을!"

깜짝 놀란 릴이 루트에게 소리쳤다.

"정신 차리고 앞에 봐. 우린 볼 수 있으니까."

"……어?"

그의 말대로다.

본래 어둠 원소의 사일런스 셸에 갇히면 감각, 시야 모든 것이 사라지고 공격받는지도 모르는 상태로 죽게 된다.

그런데 그녀가 갇힌 사일런스 셸에서는 분명히 앞이 뚜렷하게 보였다.

"이게 무슨 의미가 있는데요?"

"당신 지금 빙결 마법 맞았잖아. 빙결 마법 사용자들의 특징이 뭔데? 얼음을 터트려서 즉사시켜. 그런데 사일런스 셸은 감각을 차단하지. 따라서 밖에 있는 저들도 대상을 잃게 돼. 자신의 마력이 느껴지지 않으니까 터트릴 대상을 잃게 되지. 사일런스 셸을 꼭 적에게만 사용하나? 때론 이렇게 아군을 보호하는 용도도 된다고."

"오호! 역시 교감 선생님은 뭔가 다르네!"

리프는 감탄했다.

그리고 릴은 갑자기 심장이 뛰었다.

'……어둠 원소사가 원래 이렇게 다정했나?'

자신이 알던 어둠 원소사의 이미지와 너무도 달랐기 때문이다.

"리프 씨, 이제 잠깐 불 원소로 저 얼음을 녹일 수 있어요?"

"어렵지 않죠~."

리프는 여전히 대지 원소 마법으로 라믹 가문을 괴롭히면서 슬쩍 릴의 몸에 불을 붙였다.

불은 릴의 몸에 있던 얼음들을 녹였고, 그 결과 얼음이 완전히 사라졌다.

"좋아. 이제 앞만 봐, 릴 씨. 앞에서 나오는 적만 노리면 돼."

"……네, 네!"

릴은 얼굴이 붉게 변하면서 답했다.

'이 남자…… 뭔가 다르다.'

그녀는 이번 일로 루트를 다시 보게 됐다.

그렇게 루트 쪽도 라믹 가문 마법사 토벌은 조금의 부상은 있었지만, 성공적으로 끝을 맺었다.

"……감사합니다. 덕분에."

릴은 루트와 눈도 마주치지 못하면서 감사의 인사를 남겼다.

"나보다 리프 씨한테 감사해야지. 리프 씨가 살려 준 것은 물론, 모든 것을 주도했으니까."

"……감사해요, 리프 씨."

"아니요. 아군끼리 감사는 무슨. 낯간지럽게. 자, 아무튼! 저희도 성공은 했네요? 그럼 이제 남은 곳은 어디지?"

"본교밖에 없을 겁니다. 임펠이랑 아르키스 님 쪽."

"……아르키스 님이 제일 걱정이네요. 끝판왕 잡으러 가는 거니까."

"믿어야지. 늘 믿음에 부응하신 분이라고 했으니까."

루트는 하늘을 바라봤다.

여전히 밑의 세계의 하늘 한 부분은 검었다.

'괜찮으시죠? 아버지, 아르키스 님.'

피는 물보다 진한 건 부정할 수 없었다.

에타르가 가장 먼저 걱정되었으니까.

'임펠 너도. 건강하게 다시 만나야지. 힘내라.'

각자 다른 조각이 모이는 곳

드라코 타일런트.

300년이나 학생을 재료 삼아서 마력을 증폭한 놈.

확실히 효과가 대단하긴 한 것 같았다.

그 이유는 나를 죽였을 때의 모습과 지금의 모습이 완벽히
똑같다는 점.

하나도 늙지 않았다는 뜻이다.

타일런트는 팔짱을 끼고, 우리의 앞으로 걸어왔다.

"너희 둘은 이제 내려가. 하고 싶은 거 하라는 뜻이야."

리비아와 카비르에게 한 소리다.

"그 말은……?"

리비아가 기대에 찬 목소리로 되물었다.

"나랑 약속했잖나? 가만히 있으면 에타르를 요리할 수 있게 해 준다고."

"역시, 약속은 지키는구나?"

금세 리비아의 표정이 밝아졌다.

그런데 에타르를 요리한다라.

그렇구나. 처음부터 에타르와 트레샤, 알프릭을 이곳에 모은 이유가.

네가 원하는 결과를 얻었을 때, 귀찮은 그 셋을 한 번에 정리하기 위해서.

역시 전략에 있어서는 참 생각이 깊다는 것을 다시금 깨달았다.

"그러니 얼른 사라져. 방해되니까."

그런데 왜일까.

타일런트는 어서 리비아와 카비르가 사라지길 바라는 눈치다.

방해란 말은 또 무엇인지, 알 수 없었다.

"이따 보자고, 타일런트."

타일런트는 닫았던 꼭대기 입구를 다시 열었다.

리비아와 카비르는 그렇게 밖으로 나갔고, 그들이 나가자마자 철문은 다시 시끄러운 소리를 내며 닫혔다.

콰앙!

그 순간, 난 감옥에 온 것 같은 기분이었다.

"그간 고생 많았다, 학생들이여. 용케도 너희 넷이 이곳 꼭대기로 도달했구나. 정말 축하한다. 이곳은 마법사들이 원하는 모든 것이 있는 곳이지. 자, 너희들은 무엇을 원하지?"

타일런트가 우리에게 물었다.

그러나 누구 하나 답하는 사람이 없었다.

방금까지 우리가 보는 앞에서 에타르를 요리하라는 살벌한 소리를 해 댔는데, 어떻게 학생들이 모른 척하겠는가.

"저기…… 교장 선생님…… 아니, 대마법사님. 왜 에타르 교수님을 요리하라고……."

테슬라가 물었다.

"쓸데없는 것에 관심사를 둔 형편없는 학생이었군."

푸부부북-!

"끄아아아악!"

타일런트는 느닷없이 테슬라의 온몸에 검은 송곳을 찔렀다.

순식간에 테슬라는 몸이 밤송이가 되어, 공중에 떴다.

"대답을 하라고 했지 질문을 하라고 했나? 멍청한 것."

그리고 그의 몸을 내던졌다.

풍덩!

던진 곳은 바로 이곳에 입장하자마자 내 시선을 거슬리게 했던 성배.

테슬라가 성배에 빠지자마자 타일런트는 그가 나올 수 없도록 차단 마법을 걸었다.

"어푸푸……! 교장 선생……!"

치이이이익—!

성배에서 수증기가 일어났다.

테슬라의 몸이 녹고 있다는 것이었다.

"대마법사님! 왜……?"

쿠로도 깜짝 놀라, 소리쳤을 때.

"시끄러워."

푸부부부북—!

"끄윽……!"

이젠 나를 포함한 키에나, 쿠로의 몸에도 검은 송곳을 찔러 넣고 허공에 띄웠다.

"음? 벌써 완성됐나?"

어느덧 테슬라가 갇힌 성배에 수증기가 일어나지 않았다.

정말 짧은 순간이었는데 말이다.

타일런트는 우리를 허공에 띄운 채로 성배 앞으로 성큼성큼 걸어가, 손을 뻗었다.

그러자 타일런트와 키가 똑같은 성배는 검은 기류로 변하더니, 한 손으로 들 수 있는 크기로 변했다.

그리고 이어지는 그의 행동에 난 경악을 금치 못했다.

성배를 직접 마시는 것이었다.

꿀꺽꿀꺽하며 움직이는 그의 목울대.

몇 번을 역겹게 움직이더니 완전히 멈췄다.

"그래……! 바로 이거야! 여태껏 마셔 왔던 거랑은 차원이 달라! 아아, 느껴지는구나! 내 마력이 더욱더 강력해졌다는 것이!"

그는 환희에 찬 목소리를 냈다.

희열을 느끼는 것처럼 눈은 반쯤 감고 입을 벌리며 하늘을 올려다봤다.

그 과정을 난 그저 지켜만 봤다.

타일런트가 강력한 것 같아 겁을 먹어서?

아니다. 생각 외로 학생을 흡수하는 과정이 내 상식을 벗어나는, 너무나도 끔찍한 일이었기 때문이다.

"마법사가 원하는 모든 것이 있다면서요……. 그런데 왜……."

쿠로의 절망스러운 목소리였다.

피를 토하면서, 울먹이며 말하는 쿠로였다.

"아, 마법사가 원하는 모든 것? 당연히 있지. 그런데 마법사는 너희 학생을 말하는 게 아니야. 바로 나지."

이젠 비열한 웃음을 지으며 쿠로를 조롱했다.

도저히 난 눈 뜨고 볼 수가 없었다.

"……타일런트."

결국, 속에서부터 부글부글 끓으며 그의 이름이 입 밖으로 나왔다.

"뭐?"

타일런트는 표정이 무시무시하게 변하며 나를 노려봤다.

"네가 원하는 세상의 정체가, 이렇게 유치한 거였나? 그런 비인도적인 방법으로 세상을 장악하고 싶었나, 타일런트?"

나도 눈에 독기를 가득 품고 그를 노려봤다.

내 분위기가 갑자기 바뀌니, 타일런트는 순간 움츠러들었다.

"참 기구하구나. 왜 너를 보면 이렇게 화가 나지? 처음 보는 녀석인데…… 극도로 혐오하는 마음을 가지게 되는군."

그가 내 인상을 보고 내린 평가다.

"감은 아직 살아 있나 보구나, 타일런트."

그리고 난 답하면서 정체를 드러냈다.

스스스스스슥.

"……너."

불과 어둠의 더블 캐스터란 신분을 버리고.

내 본래의 신분.

하얀색으로 도색된 플레우드의 모습이다.

"누구냐…… 너?"

타일런트의 적대감으로 가득한 목소리가 꼭대기에 울렸다.

"못난 제자 놈을 다시 지도하러 왔단다. 타일런트."

그리고 거대한 플레우드 보주화를 구현했다.

온통 검은색으로 도배된 꼭대기에 떠오른 거대한 플레우드 보주화.

타일런트를 위협하기 위해 최대한 많은 힘을 담았다.

내 보주화의 크기는 점차 더 거대해져, 꼭대기에 뜬 보름달도 집어삼킬 정도의 크기가 되었다.

"……플레우드? 너 설마?"

"오랜만이야, 타일런트. 나, 아르키스 에이머. 과거의 실수를 되돌리마. 네 악행을 이곳에서 끝낸다."

플레우드 보주화가 떠오름과 동시에 나와 쿠로, 키에나의 몸에 박힌 타일런트의 검은 송곳은 전부 소멸하고 우린 지상으로 착지했다.

"……아르텔?"

쿠로는 어안이 벙벙한 표정으로 나를 바라봤다.

"……그 모습은 뭐냐, 스승?"

타일런트의 분위기도 변했다.

에타르는 6층 강당에서 분주하게 움직였다.

그가 이곳으로 온 이유.

바로 타일런트가 대마법사가 되면서 막아 놓은 옛날의 길을 새롭게 뚫기 위해서다.

이는 시간이 상당히 소요되는 작업으로, 아르키스 에이머가 꼭대기로 향하자마자 이곳을 찾아 작업 중이었다.

그의 뒤에는 트레샤와 알프릭이 초조하게 발을 동동 구르며 재촉했다.

"아직 멀었어? 이러다 늦겠어!"

"기다려. 원래 오래 걸리는 작업이야. 그래도 순조롭게 진행 중이지. 거의 다 됐어. 참, 알프릭. 부탁 하나 해도 되나?"

"뭔데? 헤이 학생과 밴시 학생을 데리고 와 줘. 함께 꼭대기로 향한다."

"걔들은 왜? 짐만 되는데?"

"헤이 학생을 꼭 데리고 오라는 아르키스 님의 명령이야. 밴시 학생은…… 여기에 놔둘 수 없으니 데리고 가야지."

"……아르키스 님 명령이라면 뭐."

알프릭은 별수 없이 에타르의 부탁을 들어줬다.

그렇게 재빠르게 움직인 알프릭 밴시와 헤이를 다시 강당으로 데리고 오는 데엔 오랜 시간이 걸리지 않았다.

"전 왜 끌고 온 거예요……? 어딜 간다고요? 꼭대기?"

하지만 상황을 아무것도 모르는 헤이는 강당에 도착하자마자 시끄럽게도 질문 공세를 이었다.

"에타르 교수님? 제가 왜 꼭대기로 가요? 저 탈락했는데, 아니 이게 어떻게 된 일인가요?"

"밴시 학생, 학생이 대신 설명해 줄 수 있어?"

에타르는 지금 막힌 길을 뚫는 작업 중이다.

따라서 정신 집중이 절실히 필요할 때.

일일이 설명해 줄 수도 없거니와 알프릭과 트레샤는 헤이와도 친분이 없는 교수들이니 밴시가 제격이었다.

"그 이름으로 안 부르면 하죠. 이제 그 이름 필요 없잖아요. 오늘이 마지막 날인데."

"그래, 델세르. 부탁해."

"좋아요."

"……델세르? 밴시, 그게 무슨 말이야?"

"헤이, 잘 들어."

델세르가 이제 헤이를 진정시키기 위해 그의 어깨에 손을 포갰을 때였다.

"어디 있나 했더니, 여기에서 또 무슨 작당을 벌이는 중이지? 에타르 이 개자식아."

강당에 불청객이 날아들었다.

바로 라믹 리비아와 미르네 카비르였다.

특히 라믹 리비아는 당장이라도 에타르를 잘근잘근 씹어 삼킬 기세였다.

"선물 잘 받았다. 우리 가문을 통째로 날려 버렸더라? 네가 감히…… 네까짓 게, 우릴 건드려?"

하필 타이밍이 너무 좋지 않다.

길을 복구하는 과정에서 제일 껄끄러운 적 둘이 나타나다니.

트레샤는 에타르에게 슬쩍 물었다.

"얼마나 남았어?"

"정말 조금만 더 하면 돼."

"그래?"

에타르의 답을 듣고, 트레샤는 알프릭과 시선이 마주쳤다.

"너, 내가 무슨 말 할지 알지?"

"……뻔하지. 에타르! 저 둘은 우리한테 맡기고 그거에나 집중해. 그리고 학생들은 에타르 옆에 있어. 그래야 방해가 안 되거든."

알프릭이 현장을 지휘했다.

"……네?"

하지만 여전히 영문은 모르는 헤이의 행동이 굼떴다.

"아 좀! 하라면 그냥 해!"

보다 못한 델세르가 헤이의 손목을 억지로 잡고 에타르 옆에 섰다.

그리고 알프릭과 트레샤는 에타르를 보호하는 기사들처럼, 에타르 등 뒤에 든든하게 섰다.

"안 꺼져? 지금 내가 볼일이 있는 건 저 약해 빠진 에타르 거든?"

리비아와 카비르도 거리를 좁히며 살벌한 표정을 지었다.

"아니, 네 가문이 폭삭 주저앉은 거, 내 가문의 자식들이

한 일인데? 그럼 나한테 볼일 있는 거 아니야?"

알프릭이 리비아에게 멋들어지게 말했다.

그리고 다량의 빛의 봉인검을 구현하면서, 강조했다.

"이걸로 난자했지, 벌레 잡듯이. 그건 몰랐어?"

"……루스 알프릭."

"카비르 넌 자연스럽게 내 상대네? 근데 넌 너희 셋 중에
제일 약한 거 아니야? 대지 원소를 이용해서 장난 조금 쳤을
뿐인데, 한순간에 폭삭 내려앉았다던데? 아마 시체도 못 찾
을걸. 지하 깊숙한 곳에 박혔으니까."

이전 트레샤가 카비르를 향해 도발했다.

카비르는 말을 아꼈지만, 적어도 확실한 반응을 보였다.

바로 눈썹이 움찔거렸다는 것.

"참. 인간의 삶이란 건 너무나 기구하지 않나. 한때 동문
이었던 우리가 왜 이젠 서로의 목숨을 노리게 된 거지?"

트레샤가 한탄스럽게 말했다.

"우린 순수했던 때가 있었는데 말이야. 그 순수함은 도대
체 언제부터 사라진 거지?"

"남의 가문을 박살 내고, 자식들까지 몰살시킨 새끼가 갑
자기 분위기 잡고 지랄이야."

하지만 리비아에게 남은 건 분노밖에 없다.

트레샤의 말이 제대로 닿을 리도 없었다.

"내 말이 그 말이지. 우리도 이렇게 잔인하게 변할 줄은

몰랐으니까. 그분께서 알면 참으로 슬퍼하실 거야."

"과거에 도태된 놈들. 언제까지 존재하지도 않는 사람을 따르는 거지? 그러니까 너희가 그 모양이야. 매일 당하면서 사는 거지. 그리고 에타르!"

침묵을 유지하던 카비르가 소리쳤다.

"허튼수작 부리지 마라! 네가 뭘 하는지 우리가 모를 것 같아? 우리도 한때 이 학교에서 생활하던 친위대원들이었어!"

에타르를 방해하기 위해 그에게 강력한 바람 원소 마법을 구현했지만.

퍼석!

팅!

트레샤가 대지 원소 장벽을 세우며, 에타르의 몸을 보호했다.

"존재하지도 않는 사람? 정말 아무것도 모르는군. 아르키스 님은 여태까지 우리 옆에 계셨거늘. 앞으로도 그럴 거고."

트레샤가 한심하다는 듯이 말했다.

"……뭐?"

그 순간, 리비아와 카비르의 눈동자가 흔들렸다.

"……도태된 것을 넘어서 이젠 망상까지 펼치는 건가? 너희의 한심함의 밑바닥은 어디가 끝이지?"

"한심한 건 너희야. 스승님께서 생환하셨는데도 계속 눈치를 못 채다니."

"생환……이라니."

카비르는 눈에 띄게 평정심을 잃었다.

눈동자가 심하게 흔들리는 중이다.

그녀가 저런 반응을 보이는 것은, 아르키스 에이머를 존경하는 마음이 여전히 남아 있어서가 아니다.

정말로 만에 하나, 그런 일이 생긴다면 자신은 이제 끝이라는 두려움 때문이었다.

"카비르, 저것들의 저급한 농간에 휘둘리지 마."

하지만 리비아는 꿈쩍도 하지 않는, 한결같은 모습이다.

애초에 믿을 생각도 없었다.

"푸하하하! 저급한 농간이라……. 이미 스승님을 뵙고 왔으면서도 정말 못 믿는 건가?"

알프릭이 폭소를 터트리며 비웃듯이 말했다.

"……무슨 소리야? 내가 언제 스승님을 뵈었다고."

'그래, 잘하고 있어. 그렇게 시간 조금만 더 끌어 줘, 친구들.'

에타르는 열심히 길을 복구하면서도 속으로 응원과 감사의 인사를 남겼다.

"아르텔이란 이름으로 입학하셨는데. 정말 눈치를 전혀 못 챈 건가?"

"……!"

아르텔이란 이름이 나올 때, 리비아와 카비르는 겉으로 봐도 상당히 동요하고 있단 것이 느껴졌다.

하지만 동요하는 사람은 또 따로 있었으니.

"밴시…… 그게 무슨 소리야? 아르텔이 전 대마법사 아르키스 에이머라고?"

헤이였다.

헤이는 한순간에 이해할 수 있는 범주를 완전히 넘어선, 충격적인 소식을 접했다.

"그냥 가만히 있어. 우리가 나설 때가 아니야."

델세르는 그저 말을 아꼈다.

아르텔이라면 확실히 방금 자신들이 꼭대기로 올려 보낸 학생이다.

하지만 정말 알프릭의 말이 맞다면?

늘 궁지에 몰렸던 녀석들이고 마법 사회에선 입지라곤 하나도 찾을 수 없는 녀석들이다.

그런데 그렇게 묵묵히 버틸 수 있는 원동력이.

사실은 아르키스 에이머가 멀쩡히 살아 있었으며, 그들과 함께했다면 말이 됐다.

그리고 이렇게 되면 꼭대기에 있는 타일런트도 문제다.

아무리 마력이 강해졌다고 한들, 플레우드인 아르키스 에이머를 넘을 수 있을까?

애초에 원소 하나와 일곱 개의 싸움인데?

부정적인 생각만 가득한 리비아.

그녀는 고개를 세차게 저으며 현실을 부정했다.

'그래서 뭐! 어차피 늦었어! 돌아올 수 없는 길을 건넜다고!'

자신들이 행한 악행을 어떻게 모를까.

그리고 이제 와서 잘못했다고 빈들, 아르키스 에이머의 용서를 절대 받을 수 없다는 것을 알았다.

리비아는 마음을 다잡았다.

"정신 차려! 카비르! 농간에 휘둘리지 말라고!"

돌아올 수 없다면, 그냥 걷던 길을 계속 걷는 수밖에 없다.

설령 그 끝에 낭떠러지나 빠지면 죽는 바다가 있다고 한들, 알고서도 걸어야 했다.

리비아는 빙결 보주화를 구현했다.

이렇게 된 이상, 저것들이라도 살려 보내지 않겠다는 의지만 가득했다.

일단 이 자리에서 저것들을 어떻게든 없애고, 도망칠 생각이 먼저 들었다.

하지만 알프릭은 리비아의 그런 대응을 보고 한심한 듯, 고개를 저었다.

"스승님은 늘 말씀하셨지. 눈을 멀쩡히 뜨고 있음에도 보지 못하는 것만큼 어리석은 일도 없다고. 그 보주화가 너의 선택이겠지, 리비아."

알프릭도 빛 원소 보주화를 띄웠다.

찌이이이이잉─!

이명과 함께 시선을 괴롭히는 그의 보주화.

"끄으으윽……."

알프릭이 내뿜는 힘이 그 정도로 강력해, 헤이와 델세르도 영향을 받는 중이었다.

"유감이야, 카비르."

그리고 트레샤도 거들며 대지 원소 보주화를 띄웠다.

"너희 말을 믿고 싶지 않아. 정말 스승님이 살아 계셨다면, 너희가 우리에게 알리지 않을 이유가 없었으니까. 리비아의 말대로 농간에 불과하다는 생각이 들어."

카비르도 답하며 바람 원소 보주화를 똑같이 띄웠다.

강당에 뜬 네 개의 보주화.

각자 다른 원소를 가진 만큼, 그들의 원소가 격돌하며 순식간에 강당은 아수라장으로 변했다.

"그래, 그게 나약한 인간의 본능이지. 궁지에 몰렸을 때, 보고 싶은 것만 보고 듣고 싶은 것만 듣는 그 본능. 트레샤, 저들은 이제 우리의 동문이 아니야. 무슨 뜻인지 알지?"

"그럼. 그저 드라코 가문에 기생하는 벌레일 뿐이다."

트레샤의 표정도 진지하게 변했다.

그렇게 네 명의 싸움이 시작됐다.

콰앙!

퍼버버버벅-!

쿠르르륵-!

땅이 흔들리고, 강풍에 몸이 휘날릴 것만 같은 충격의 연속.

다른 사람은 다 괜찮았지만, 헤이와 델세르는 이 공간에 있는 것 자체가 고문이었다.

특히 델세르는 플레우드 방어 마법을 펼치면서 안간힘을 다해 버티기 시작했다.

플레우드 마법을 꺼내면서 델세르의 머리카락과 눈동자는 하얀색으로 변했다.

플레우드 마법까지 꺼냈는데 충격을 버티는 게 쉽지 않았다.

'끄윽…… 이게 진짜 마법사들의 싸움.'

그간 자신이 겪었던 마법사들의 싸움은 그저 귀여운 소꿉놀이 수준이었다는 걸 다시금 깨달은 순간이다.

그리고 왜 아르키스 님이 짐이 되면 버릴 거라고 냉정하게 말했는지도 확실히 이해가 되었다.

지금 눈앞에 있는 적은 절대 넘을 수 없는 두껍고 높은 벽이 존재했으니까.

"……밴시? 너 색깔이……."

헤이가 델세르의 변화를 보고 깜짝 놀랐다.

"신경 쓰지 마. 이게 원래 내 모습이니까. 그냥 가만히 있어."

"……저 꼬맹이도 플레우드군. 에밋 가문인가?"

한창 알프릭을 상대하던 리비아는 그의 등 뒤에 있는 하얀색으로 도색된 델세르를 쳐다보며 물었다.

"뭐, 전에 바이스랑도 만났으면서 에밋 가문이 뭐가 신기하다고."

눈앞에 나타난 또 다른 에밋 가문 일원.

그렇다면 정말 아르텔이 아르키스 에이머란 게 맞을 확률이 비약적으로 상승한다.

'뒤가…… 없다. 무조건 이것들을 없애고 숨는다.'

리비아는 오직 그 목표만 잡았다.

그것은 카비르도 마찬가지였다.

'됐다! 드디어 됐다!'

그리고 트레샤와 알프릭이 성심성의껏 시간을 끌어 준 덕에 드디어 에타르는 막혔던 길을 뚫었다.

에타르는 휠체어를 돌려, 리비아와 카비르를 향해 바라봤다.

"뭐 해! 길 뚫었으면 얼른 가기나 할 것이지!"

그런 에타르를 향해 알프릭이 화를 냈다.

시간 이만큼 벌어 줬는데 불필요한 행동은 하지 말라는 경고다.

"미안. 그런데 꼭 저 둘에게 남기고 싶은 말이 있어서."

"그럼 빨리하고 사라져! 네가 달고 있는 그 학생들 없어야 우리도 날뛸 수 있으니까!"

이미 자신들의 마법의 영향을 받아 괴로워하는 헤이와 델세르를 봤다.

그래서 최대한 약하게 내면서, 리비아와 카비르를 상대하는 중이기에 슬슬 힘에 부치던 참이었다.

"리비아, 넌 늘 강조했지. 과거에 얽매이는 건 도태되는 거라고. 발전은 새로운 것을 받아들이는 것이라고."

"또 무슨 개소리를 지껄이려고⋯⋯."

리비아는 에타르를 향해 빙결 마법을 쐈지만, 트레샤가 대신 막아 줬다.

"아오! 이 친구야! 얼른 빨리 좀 하자!"

힘드니까 제발 좀 살려 달라는 애원에 가까웠다.

에타르는 리비아에게 정확히 하고 싶은 말을 남겼다.

"그런데 넌 틀렸어. 발전의 조건이 뭔지 아나? 바로 계승이다. 그리고 그 계승은 과거의 것이지. 과거에 얽매인 우린 과거의 영광에서 헤어나지 못한 게 아니라, 과거의 것 중 계승시킬 것을 찾았던 거야. 마법도 계승되면 강력한 발전을 이루듯, 우리네 인생도 마찬가지거든."

"그게 무슨 헛소리야!"

"우린 아르키스 에이머라는 과거를 계승하고 발전할 거

다. 계승을 무시한 너흰 이제 도태되는 거고. 전에 너희 가문에서의 바짝 타 버린 스테이크. 그 꼴이 되는 거지."

그리고 에타르는 휠체어를 돌렸다.

"친구들, 부탁한다. 힘들게 해서 미안하고."

"나중에 다 보상받을 거니까 걱정 마라!"

"그래. 어떻게 보답할지 고민하지. 자. 헤이, 델세르. 가자. 아르키스 님이 있는 곳으로."

"네!"

특히 델세르가 씩씩하게 답하면서 에타르의 휠체어를 직접 끌었다.

그렇게 에타르는 복구한 길로 들어섰다.

그가 들어간 뒤에 포털은 다시 완전히 닫혔다.

다시 사용하려면 또 긴 시간을 들여 복구해야 했다.

즉, 복구하지 않으면 이제 누구도 사용할 수 없는 길이란 것이다.

에타르가 리비아, 카비르의 혹시 모를 추적을 피하기 위해 일부러 그렇게 조치했다.

"자, 근심과 걱정도 사라졌으니까."

이때만을 기다리던 알프릭.

사람의 표정이 변했다.

근심과 걱정이란 게 각각 헤이와 델세르를 칭한 별명같이 느껴질 정도다.

"우리도 가진 것 전부를 꺼내도 된다는 뜻이지."

트레샤의 마지막을 장식한 한마디.

쿠구구구궁!

특히 트레샤는 정말 원 없이 마력을 방출했다.

강당에 있는 모든 대지를 자신의 것으로 만들어 버렸다.

"정식으로 다시 시작하자고."

달라진 트레샤와 알프릭의 모습에 리비아, 카비르는 침을 꿀꺽 삼키며 잔뜩 긴장했다.

"역겨운 놈이 마중을 나왔군."

본교 입구.

친위대장 데이먼은 타일런트의 호출을 받고 급히 본교로 왔다.

그리고 본교 입구에서 마주친 것은 전부 새빨간 색을 가진 에드 가문의 마법사들.

그중에서도 선두에 당당히 서 있는 마법사는 바로 임펠이 었다.

"이그니토……."

"하, 나 참. 걔는 예전에 죽었다니까 왜 자꾸 그래?"

임펠은 오히려 능글맞게 받아쳤다.

"아, 왜 자꾸 죽은 이름을 거론하는지 알겠다. 날 임펠이라고 부르면 나를 인정하는 느낌이 들어서 그래? 그래서 자존심을 지키기 위해 유치한 짓을 하는 거구나?"

이미 임펠에게 당한 적이 두 번이나 있는 데이먼.

그의 신경을 잔뜩 긁어 댔다.

데이먼은 임펠 주위에 있는 마법사들을 살폈다.

"떨거지들을 데리고 대장 노릇을 하다니. 딱 네 그릇과 어울리는군."

겉보기에도 가진 마력이 자신과 비교하자면, 한참이나 형편없는 에드 가문의 마법사들이었다.

"뭐, 좋을 대로 생각하고. 그나저나 친위대원이 많이 줄었네? 숫자가 그것밖에 안 돼?"

데이먼 쪽 상황도 좋지 않은 건 마찬가지.

이미 예전부터 친위대도 지속적인 공격을 받아 친위대원이 서서히 줄었다.

에밋 가문 생존자 몇을 저세상으로 보내는 업적을 이뤘지만, 결정적으로 친위대도 많은 피해를 봤기 때문이다.

친위대의 숫자는 데이먼을 포함하여 열두 명. 원소도 그만큼 다양하다.

어둠, 물, 바람.

세 가지가 조화를 이루었다.

반면 임펠 쪽 숫자는 에드 가문 마법사들로만 이루어졌고 원소도 하나.

숫자도 심지어 친위대보다 적은 여섯 명이다.

2배나 차이 나는 중이다.

"그 전력으로 나와 맞서려고 하다니. 정말 에드 가문의 명청함은 언제 종결짓지?"

"종결짓는 건 너희 주인님 세상이고. 내가 전에 말하지 않았어? 보름달의 색이 머지않아 바뀔 거라고. 오늘이 바로 그날이야. 청아한 하얀색으로 바뀌는 날."

"……."

"근데 데이먼, 나 개인적으로 정말 궁금해서 그런데 잃어버린 거…… 찾았어? 지금도 못 찾은 거 같은데."

임펠은 데이먼의 아픈 기억만 쿡쿡 건드렸다.

데이먼도 이런 도발엔 평정심을 잃었다.

본래 사람은 역린을 건들면 발작하기 마련이니까.

"친위대, 전투준비."

임펠에게 들려줄 답은 없다. 대신, 역으로 돌려줄 행동만이 있었다.

데이먼은 임펠을 무시하며 친위대에게 명령을 내렸다.

"그래, 네 마법 보면 알겠지. 자, 동생들? 우리도 준비할까?"

데이먼이 이끄는 친위대.

그와 맞서는 임펠이 이끄는 에드 가문의 마법사들.

본교 입구에서도 새로운 싸움이 시작된 순간이다.

화르르르륵–!

유독 불이 밝게 빛났다.

타일런트와 나는 눈빛의 신경전을 한참이나 지속했다.

그러다 타일런트가 먼저 입을 열었다.

"환생이라도 한 건가? 그런 게 가능할 거라곤 생각 못 했는데…… 언제 환생한 거지?"

"굳이 너한테 알려 줄 필요 없다. 가르침을 주러 온 게 아니니까."

하지만 타일런트는 이제 당당한 표정을 지었다.

"너무 늦게 오신 거 아닙니까? 오려면 조금 빨리 오시지…… 크크크큭. 이미 절 막을 수 없습니다."

어깨를 들썩이면서까지 웃는 타일런트.

그를 한껏 노려보던 중, 내 시선에 걸리는 게 있었다.

바로 사일러드를 가둔 철문에 검은 포털이 생성되어 있다는 점이었다.

'이상한데……? 저긴 포털이 생성될 리가 없는 곳인데. 왜……?'

타일런트는 내 시선을 읽었다.

"역시, 스승님이 맞나 보군요. 눈썰미가 아주 좋습니다. 그래요, 이상하죠? 왜 사일러드를 가둔 철문에 저런 포털이 있는지요."

타일런트는 답하면서 자신의 검은 송곳으로 포털을 완전히 뭉개 버렸다.

확실히 마력이 상당히 오른 상태다.

내가 플레우드 보주화를 띄우고 있는 상태인데도 자신의 마법을 원하는 대로 구현하는 중이었다.

'비전력은 아니야. 그저 마력이 상식을 뛰어넘을 정도로 강할 뿐이야.'

비전력만 아니면 된다.

마력이 아무리 강하다고 한들, 비전력을 뛰어넘을 순 없으니까.

타일런트는 이제 손을 뒤로 뻗어 봉인석에 가져다 댔다.

"이해 못 하겠죠? 제가 왜 이렇게 당당한지. 저도 굳이 알려 드리진 않겠습니다. 직접 보여 드리죠. 뭐, 계획이 조금 어긋났지만 더블 캐스터 한 명만 흡수했는데도 이 정도 힘인데. 충분히 가능할 것 같군요."

'……설마?'

타일런트가 봉인석에 손을 대자, 봉인석이 밝게 빛났다.

사일러드의 힘을 머금은 검은빛이 아닌, 봉인석 본연의 빛, 에메랄드빛이다.

'저건……'

나에게도 꽤 친숙한 현상이었다.

"답하라, 셔먼."

검사 사회에서 꼭대기를 지키는 현 대검사 불카토스 밀턴.

늘 그렇듯, 그는 공허하게 봉인석만을 쳐다봤다.

털썩!

그런데 뒤에서 갑자기 누군가가 쓰러지는 소리가 났다.

"……"

밀턴이 뒤를 돌아봤을 때, 믿을 수 없는 광경을 목격했다.

자신을 보좌하는 부관이 피를 흘리며 쓰러져 있었던 것이다.

"이봐! 어떻게 된 일이야?"

다급하게 갑옷 쇳소리를 내며 쓰러진 부관을 향해 다가가 그를 안았을 때였다.

"……죽었어?"

그 짧은 시간에 동공이 완전히 풀려 숨통이 끊어진 상태다.

"처음 뵙겠습니다, 대검사."

그리고 어둠 속에서 들린 목소리.

밀턴이 아는 목소리가 아니다.

이곳 꼭대기에 오는 사람은 정해져 있는데, 완전히 낯선 목소리였다.

이윽고 어둠 속에서 모습을 드러낸 정체불명의 사람.

밀턴의 눈으로 보기에 꼭 투명한 망령이 어둠 속에 튀어나와 움직이는 신체를 가지게 된 것만 같은 모양새였다.

후드형 로브를 뒤집어쓴, 마법사로 보이는 사람이었다.

'마법사가 여길 어떻게 와?'

밀턴은 눈을 의심했다.

믿을 수 없는 현실과 직면한 순간의 일종의 현실 도피였다.

하지만 금방 또 현실을 수긍해 버렸다.

'아니야…… 마법사일지도 몰라. 애초에 우리 검사가 있는 이 위의 세계도 고대의 마법사가 만든 장소라며.'

검사들은 마법을 부릴 줄 모르기에 이런 세상을 만드는 게 불가능했다.

애초에 이 세상의 시작은 마법사.

저들 족속이 만든 곳이니, 분명히 이용법도 저들이 알고 있을 터이다.

"……마법사냐."

"역시, 대검사인가요. 눈치가 빠르군요. 안녕하십니까, 대마법사를 보좌하는 문지기란 직책을 가진 드라코 셔먼입니다. 이런 식으로 대검사와 인사를 나눌 줄은 몰랐네요."

"……문지기?"

"네, 아. 검사들은 저와 같은 직책을 뭐라고 부릅니까? 대검사를 보좌하는 자들이요."

셔먼은 시시껄렁한 농담을 시작했다.

하지만 밀턴은 그의 농담에 호응할 생각이 없다.

왜냐, 이미 부관이 죽어서 굳어 가고 있기 때문이다.

"이거, 네가 그런 건가?"

밀턴은 살기로 가득한 눈을 하며 그를 노려봤다.

"역시 신체를 쓰는 대검사인가. 마법사들의 눈빛에서 그런 살기를 느낀 적은 없었는데. 대검사는 달라도 다르군요."

"묻는 말에나 답하지."

밀턴은 경고하면서 그의 손은 어느덧 허리에 있는 칼집 손잡이로 향했다.

"그런데 예의가 없으시네요?"

투확-!

"……?"

미풍이 손목을 스치는 느낌이 들었다.

'뭔가 지나갔다.'라고 느낀 그 순간.

손목에서 욱신거림과 함께 뜨거운 촉감이 터져 나왔다.

푸슈슈슈슛-!

"끄으으윽…… 끄으으윽!"

그리고 밀려오는 고통.

밀턴은 어금니를 꽉 깨물며 앓는 신음을 내보냈다.

그의 손이 칼로 향하는 순간, 손목이 그대로 잘려 나간 것이었다.

"대화하는데 무기를 드는 나쁜 버릇은 어디에서 배운 겁니까? 이것이 검사들의 방식인가요?"

"너 이 개자식……!"

셔먼은 고민도 없이 무려 대검사인 밀턴을 공격했다.

이것이 그가 부여받은 임무.

바로 검사 사회에 몰래 침투해, 대검사를 비롯한 꼭대기에 있는 검사들 전원을 살해하고, 검사 사회의 봉인석을 점령하는 일이다.

이 꼭대기를 만든 사람인 알라이즈 페트라가 애초에 꼭대기를 2개로 만든 이유는 검사와 마법사의 화합의 목적이 가장 컸다.

두 세력이 같은 적을 두면 화합은 시간이 해결해 줄 것이란 믿음 때문이었다.

실제로 그 적을 봉인하기 위해 이례적으로 단절된 두 세력이 손잡았으니까.

하지만 순수하게 화합에만 목적이 있는 것이 아니었다.

알라이즈 페트라는 이 꼭대기를 만든 그 극한의 순간에도 한 가지를 걱정했다.

바로 '누군가 이자의 힘을 탐내고, 자신의 것으로 만들려고 하면 어쩌지?'였다.

그래서 안전장치를 이중으로 건 것이다.

어느 한쪽 봉인석이 온전하면 절대 사일러드의 봉인이 풀리지 않도록.

타일런트도 그것을 이미 알고 있는 마법사다.

그가 꼭대기를 차지하고 벌써 300년이 넘는 시간이 흘렀다.

그동안 학생들을 재료로 삼아 마력 증강만 한가롭게 한 것 같은가?

아니다.

바로 알라이즈 페트라가 만든 이 꼭대기도 대대적으로 연구하고, 허점을 찾았다.

결과적으로 사일러드의 힘 전부를 흡수하려면 사일러드의 영혼도 필요했기 때문이다.

봉인석은 말 그대로 사일러드의 힘을 봉인한 하나의 보관함.

사람으로 치면 영혼이 없는 빈껍데기 육신이다.

영혼까지 자신이 집어삼켜야 온전히 사일러드의 힘 전부를 흡수할 수 있었기 때문이다.

그러기 위해선 검사 사회 꼭대기에 있는 봉인석을 부숴야 했다.

봉인석 두 개 중 하나만 온전해도 그를 밖으로 꺼낼 수 없으니까.

그렇게 오랜 시간에 걸쳐 대대적으로 꼭대기에 대해 연구를 진행한 타일런트는 드디어 허점을 찾았고, 셔먼을 침투시킬 최후의 계획까지 짠 것이다.

"아무튼, 그간 온전히 지켜 줘서 고맙군요. 대마법사님을 대신해 제가 감사의 인사 드립니다."

셔먼은 당당하게 걸어 봉인석을 향해 다가갔다.

턱.

밀턴은 온전한 손목으로 그의 발목을 잡았다.

"……."

그러자 셔먼은 기분 나쁜 듯이, 자신의 발목을 잡은 밀턴의 손을 지그시 쳐다보다가……

투확-!

푸슈슛-!

"끄아아아악!"

하나 남은 그의 손목마저 잘랐다.

"어디 하등한 검사 주제에 고귀한 마법사의 몸에 손을. 너희는 평생 고생해도 절대 닿을 수 없는 몸이야. 너희들 주제를 알아야지."

그렇게 셔먼은 봉인석 앞으로 다가가 손을 댄 순간이다.

-답하라, 셔먼.

봉인석에서 타일런트의 목소리가 흘러나왔다.

"점령 완료했습니다, 보름달이시여."

ㅡ부숴.

쨍그랑ㅡ!

"안 돼애애애!"

봉인석이 부서지는 건 한순간이었다.

셔먼은 자신의 마법으로 정말 간단하게 봉인석을 부숴 버렸다.

그 광경을 본 밀턴은 절규했다.

대검사는 무슨 일이 있어도 저 봉인석을 지켜야 한다.

명예를 중요시하는 검사들에겐 임무 실패보다 더한 불명예도 없었다.

아무리 봉인석이 검사들과는 상관없는 물건이라 치부할지라도, 이미 검사 사회에서 오래전부터 박힌 하나의 규율이다.

그런데 대검사인 자신이 그 규율을 지키지 못했으며, 더불어 대검사에게 주어진 임무도 제대로 수행하지 못했다는 불명예스러운 사실에 밀턴이 절규한 것이다.

"벌레가 참 시끄럽게도 하는군."

푸부부북ㅡ!

"크헉……."

시끄럽게 했다는 이유로 셔먼은 밀턴의 숨통까지 끊었다.

"그래, 너희 검사는 그게 어울려. 벌레처럼 바닥을 기는 것. 이제야 보기 좋군. 조용하고 딱 좋아."

셔먼은 흡족한 반응을 보였다.

쓰러져서 피를 흥건히 흘리는 밀턴을 예술 작품 보는 듯이, 연신 감탄하면서.

"허억…… 허억……."

"……."

본교 6층 강당.

바닥엔 두 여성이 쓰러져 있었다.

가쁜 숨을 몰아쉬는 사람은 라믹 리비아.

그리고 아무런 말이 없는 사람은 미르네 카비르였다.

둘은 트레샤와 알프릭과의 마법 싸움에서 완벽히 패배했다.

그리고 이젠 반격할 힘도 남아 있지 않아, 바닥에 쓰러진 상태로 미동도 하지 않았다.

"……여."

그러던 중, 카비르가 작게 속삭였다.

"뭐라고?"

트레샤는 그녀에게 가까이 다가가 되물었다.

"죽……여…… 그냥……."

이것은 최후의 발악이 아닌, 애원으로 느껴질 정도였다.

"흠, 알프릭. 어떡하지? 죽이라는데.".

"원하는 대로 해 줘. 어차피 저 둘은 돌아갈 곳이 없잖아."

알프릭은 냉랭했다.

정말 용서할 마음은 추호도 없었기 때문이다.

"그래, 알프릭 말이 맞지. 그렇게 피 터지게 싸웠는데 이제야 동정을 보이는 것도 웃기는 일이니까. 그리고……."

트레샤는 설명하며 대지 원소 마법을 구현했다.

카비르가 누워 있는 땅이 손바닥 모양으로 솟아, 그녀의 몸체를 꽉 움켜쥐었다.

"본보기라는 게 필요한 법이니까. 너희를 여기에서 살리면 계승은 물 건너가게 되는 거거든. 만약 그렇게 되면 계승은 없고 적폐만 있겠지."

그리고 서서히 카비르를 땅속 깊은 곳으로 묻기 시작했다.

"커헉…… 컥……!"

밀려오는 압력의 고통.

목소리도 제대로 낼 수 없을 정도의 압력이다.

트레샤는 서서히 사라져 가는 카비르를 향해 충고하듯 말했다.

"저승에서 네 학교 출신의 본교 졸업생을 만나면 머리를 조아리고 사죄해라. 그것만이 네게 허락된 행동이니까."

"……."

카비르는 숨이 끊어지는 그 순간에도 아무런 말을 하지 않았다.

그렇게 완전히 땅속 깊은 곳에 파묻혀, 밑의 세계에 있는 그녀의 가문처럼 존재 자체도 사라지게 되었다.

"리비아, 넌 무슨 할 말 없나?"

이제 알프릭은 쓰러진 리비아 앞에 서서 물었다.

"운도…… 지지리 없지……."

한탄으로 가득한 그녀의 한마디.

그러자 알프릭은 표정을 굳혔다.

이런 말을 듣고 싶어서 물은 게 아니었다.

최소한 그릇된 선택을 뒤늦게 깨달았구나, 학생들에게 미안하군.

그와 비슷한 소리라도 나오길 바랐지만, 그건 그의 이기적인 바람이었던 것이다.

"넌 끝까지 추하구나, 리비아. 일말의 가책은 받지 않을까 생각했는데, 내가 사람을 너무 좋게 봤군."

한심하단 표정으로 변한 알프릭은 리비아의 몸 전체를 덮은 빛 원소 마법을 구현했다.

찌이이이잉-!

"그나마 편안한 죽음을 주는 게 내 마지막 배려다."

"……지랄하고, 자빠졌…….″
리비아는 말을 끝까지 마치지 못한 채로 존재가 사라졌다.
한 시대를 풍미했던 악녀들의 인생은 그렇게 끝이 났다.

다음 권으로 이어집니다

공작가 장남은 군대로 가출한다

로튼애플 퓨전 판타지 장편소설

멸망이 예견된 대륙에서 벌어지는 신들의 한판 게임!
차원을 뛰어넘어 신들조차 때려잡을 게임 브레이커가 나타났다!
『공작가 장남은 군대로 가출한다』

끝없이 몰려오는 몬스터의 파도를 맞아
최후의 최후까지 버티던 이정후, 아니 제이든 레온하르트
10여 년 전, '신의 게임'이라는 이름하에 이계로 떨어진 후
생존을 위해 발악하였으나
제국 최강의 가문까지 말아먹고 드디어 죽음을 목전에 둔 순간!

> 축하합니다. '이정후' 님께서는
> 갓 게임 베타테스터 중 최후까지 살아남으셨습니다.

……이 모든 일이 베타테스트였다고?

최후의 생존자 특전으로
본게임에서 남들보다 10년 먼저 시작하게 된 제이든
전 대륙을 덮치는 몬스터 웨이브에서
오직 '살아남기 위해' 그가 선택한 길은 바로
대몬스터전 최전방 북부군에 자원입대하는 것!

온 대륙에 멸망의 징조가 나타날 때
군대로 가출했던 그가 돌아온다!
강철의 검과 대륙 최강의 신수(神獸)로 세상을 구원하라!

산보 신무협 장편소설

무뢰세가 전생령귀

카카오 페이지를 뒤흔든 화제작!
무협과 네크로맨서의 미친 콜라보!

자타 공인 최강의 사령술사, 불사왕 강태하
길드에 배신당하다!

원치 않은 죽음, 원치 않은 무림행
정체불명의 기억과 혈교에 잡아먹힌 가문
무공 하나 모르는 망나니의 몸까지

"나 아직 안 죽었다!"

부족한 무공은 사령술로 때우고
무인 스켈레톤에서 뽑아낸 무공을 익히며
무림 최강자로 돌아올(?) 강태, 아니 유신운!

언데드의 파도엔 브레이크가 없다!
무공 쓰는 네크로맨서의 화끈한 무림 구원기!